不起眼女主角培育法 10

丸戸史明
插畫／深崎暮人

Kadokawa Fantastic Novels

彩頁／內文插畫：深崎暮人

Content

\新生/ blessing software 成員名冊

製作人

企劃、副總監、第一女主角

企劃、總監、劇本

音樂

原畫、ＣＧ上色

序章

七月下旬，假日的夕陽照進我房間，將足以蓋過空調冷氣的熱氣送入室內……

「所以嘍、所以嘍……這就是我們的最強美少女遊戲集宿行程表！」

……然而，房間裡響起了能用熱情將倦怠暑氣一掃而去，活潑開朗的話聲。

「出發日倉促定於結業典禮隔天！時間是寬裕的四天三夜！目的地在讓人心花怒放的沖繩！基本上所有社團成員都要參加，因此請各位親愛的同仁務必準備好行裝……帶著畫成插圖會很上相的泳裝出發！」

「不對啦，出海，妳等一下……」

「啊，麻煩學長也要準備又酷又撩人的三角泳褲！雖然遊戲劇情中並沒有規劃會用到那樣的素材，不過還是有所謂的個人需求在。」

「……先撇開剛才那段在各方面都不太恰當的發言，妳說的集宿活動，我身為社團代表完完全全是頭一次聽說耶。」

頭髮綁成兩束，加上甜美可愛的容貌。

嬌小歸嬌小，某部分卻格外凹凸有致的體型。

對人總是有禮貌，但說什麼都不肯退讓，還一派自然地硬要拗的言行。

從今年春天起和我就讀同一所學校，並以王牌原畫家之姿，君臨於我們社團「blessing software」的黏人學妹型女角，又兼具些許青梅竹馬屬性的女孩子。

豐之崎學園一年C班，波島出海。

「沖繩不錯耶！琉球料理！還有琉球音樂！琉～神琉～神～○～士♪」（註：指沖繩縣原創的特攝影集《琉神魂士》）

「美智留，妳不要著眼在以琉球音樂和著作權來說都很微妙的地方啦……」

接著開口並彈起吉他的，則是晃悠悠地帶著微捲短髮哈哈笑的活潑型美少女。

「黃澄澄的太陽照耀著翠藍海面！可以游泳，可以潛水，可以把皮膚曬黑～簡直就是為我而辦的集宿嘛！」

「別想得太美了，美智留……令人心花怒放的沖繩，可是要有無比的求生精神才能在差點被槍蝰之王吞進肚子時，讓正義蛇獴救回半條命的決戰之地喔！」

「……你講的跟我認識的沖繩不一樣。」

跟出海比都不用比，以女生而言算相當挺拔健美的體型。

面對任何人總是一副直白過頭的態度，天不怕地不怕，自然而然就把距離感歸零的言行。

就讀鄰縣的高中女校，同時以主要作曲者之姿君臨於我們社團「blessing software」的懶惰表親型女角，又明顯具有青梅竹馬屬性的女孩子。

椿姬女子高中三年四班，冰堂美智留。

「那搭飛機的費用呢？旅館費用呢！暑假時的沖繩根本是度假樂園耶，難道妳以為現在訂得到房間和票嗎？」

「那些事情都有社團代表（阿倫）幫忙張羅，甭當回事兒（不成問題）啦～」

「妳這……」

於是，當我為了那個散漫女（美智留）跟往常一樣不負責任，還諸事靠別人的發言（附音樂伴奏）而頭大時……

「那、那個，其實呢，機票還有飯店都訂好了五人份！費用還特別便宜！」

「出海？」

提議者告知了令人意外的真相。

「對不起，我一直瞞著大家……其實，當天我原本跟同學安排好的沖繩旅行臨時中止了，目前行程都沒有著落。」

「為、為什麼……會弄成那個樣子呢？」

「出海，妳什麼時候養成會跟五個朋友約好去沖繩旅行的現充社交能力了！」我死命把最先浮現在腦海裡的這句話吞回去，然後盡可能溫和地看著她的眼睛問。

「呃，那、那是因為……」

「倫也同學，其實是因為原本要跟出海一起去的其中一個同學被好朋友搶走男朋友了，而且那個好朋友也是本來要一塊兒去的同學，她們似乎前天才發現狀況慘成那樣……啊哈哈哈哈。」

「哥哥，你不要擅自爆料啦！」

「妳怎麼會牽扯進那種現充的多角關係啊，出海？」

然而，對我的疑問做出回應的，卻是現充社交能力早就多到有剩的煩人痞子男。

「我、我並不是當事人喔，我完全是被連累的啦！我又不像哥哥！」

「討厭耶，是我的話，才不會把兩個互相認識的女生當成劈腿對象。雖然說，我也曉得社會上有乍看之下正經八百，卻同時染指兩個好朋友來享受爭風吃醋的滋味，壓根就是人渣的那種敗類。不過以我的主義來說……」

「啊～夠了夠了。」

我一邊隨便聽他講那些感覺好像會扯到部分遊戲角色評論（○○並沒有錯！）的古怪矜持，一邊制止那個褐髮捲毛臭型男的多餘發言。

即使和男生的平均值相比，也顯得修長且毫無缺陷的體型。

對任何人總是油腔滑調，在女生之間卻極受歡迎（少部分例外），自然散發出女權主義者本

色的言行。

就讀東京都內的高中，同時仍身為製作人兼總監，帶領我們社團「blessing software」的耍詐好友型角色，又微妙地具備哥哥屬性的男生。

港洋台高中三年五班，波島伊織。

「……倫也同學，既然你好歹把我當好友，就不要每次（每集）都弄錯我讀的高中名稱好嗎？」

「我根本沒弄錯啊？畢竟我一次都沒有說出口啊！」

……因為如此，在本人的強烈要求下，請容我重新介紹他是「櫻遼高中三年二班的波島伊織」。

「總、總之呢，我們要辦集宿喔！是去沖繩喔！而且費用格外便宜喔！很划算的喔！現在正是機會喔！」

「呃，再便宜也還是去沖繩吧，考慮到社團的預算……」

「話說我才不想接那種爛攤子啦！」要直接把本能感受到的抗拒反應說出口，難免會有所顧忌，因此，我打算藉高中生容易有難處的金錢方面逃避。

「可、可是上次出《cherry blessing》的時候，不是就有到高級飯店替泳裝劇情取景嗎！」

「出海，妳說的那個是——」

然而，出海卻斷然不屈，斷無猶豫，斷不退縮地拚命跟我爭。

沒有錯，她甚至不惜搬出社團以往的祕密（動畫第二期才有的劇情）……

「噯～阿倫，這只是我從旁人角度看的感覺啦，我覺得你該接納小波島的熱切想法耶～」

「美、美智留……」

緊接著，裝成善意第三者的當事人開始飽含私情地幫忙護航了。

「你想嘛，畫圖的終究是她啊。換句話說，既然小波島認為有必要，那就表示有必要去嘛。這不是關係到創作者的性自主嗎？」

「也、也是啦……」

不過，她那套說詞某種程度上是合情合理的，所以也不能強硬地予以否定，我只得一面在腦子裡回想社團存摺的餘額，一面露出苦澀的表情。

但我不能容忍她那種比某位學姊還下流的字詞誤用，就先在內心吐槽：不是性自主，而是自主性。

「被女生央求到這個地步還不答應，只能想成是身為男人的功能有問題喔。你在這種時候應該要解衣推食啊～」

「就算那樣也不要真的脫啦！妳別把衣服撩起來！」

唉，不過以這傢伙的情況來說，考慮到當著眼前露出來的白皙肚皮和肚臍，或許也沒有什麼誤不誤用的問題。

「真的很划算啦，學長！現在到沖繩玩四天三夜居然只要●●萬●千●百圓！而且這不是一人份的費用喔！居然包含五人份耶，五個人才收你●●萬，●千，●百圓！」

出海的聲音變得莫名高亢。

「在這個季節去沖繩可以有那樣的價格？等一下、等一下，小波島，我都沒有聽說耶～未免太便宜了吧～」

美智留的語氣也變得頗有配音員的味道。

連伊織發出的嘆息都變得很像攝影棚的起鬨聲。

「不、不過……●●萬●千●百圓嗎……」

的確，要是把銷售前作存到的那筆錢砸下去，帶社團舉辦集宿活動這件事應該可行。

然而費用總額的位數還是讓我裹足不前。

「這項優惠只提供給第一組報名的五位客人，先搶先贏！」

「啊～這樣肯定轉眼間就沒了～不會錯的～」

「我、我說啊……」

攝影棚裡……不對，眼前的兩人似乎看穿了我那猶豫的心思，更進一步催我做決定。

「好嘛～學長。」

「好嘛～阿倫。」

「唔、唔喔……」

沒錯，眼前的兩人變成近在眉睫的兩人，在極近的距離從兩旁對我施加大分量的雙倍壓力。

呃，這裡提到的分量是指聲音。

「我們去沖繩嘛……去了就可以盡情欣賞女角的泳裝喔～」

「啊～我有預感會出狀況耶～或許不僅限於看泳裝耶～」

「是、是、是喔……」

就這樣，當我終於受到畫面底下的字幕誘惑，差點就撥出報名電話號碼的那一刻……

「啊，對不起喔，出海。妳說的沖繩旅行去不成了。」

令現場凍結的冰冷……應該說是淡定的波動支配了房間。

聲音的主人和位於房間中央的我們稍有距離，正待在角落把玩智慧型手機，目光並未轉向我們這邊，直到方才都完全抹消了自身的存在。

「呃，惠……？」

「惠、惠學姊……？」

「小加藤……？」

「…………」

然而，剛才語氣平板的那句話一出，她那漆黑的……不，邪惡的……不，沉重的……不，她那強烈的存在感頓時擴散到整個房間。

……啊～抱歉，剛才的描述中還是有加油添醋。

常見的鮑伯短髮，搭配在普通的審美眼光下能讓普通人脫口評為「普通可愛」的端正容貌。

既不嬌小也不算高，既不苗條也不豐滿，全身上下勻稱得毫無亮點的體型。

姿態不會太低也不會太強勢，儘管口氣如此平淡，語調裡依然內含著壓倒性的決定權。

從前年春天就和我念同一所學校，並作為唯二的創社班底兼最強基層人員，支配我們社團「blessing software」，身上更有「清水被墨汁滴入而慢慢染黑」這種難以言喻的屬性，逐漸在覺醒的女生。

豐之崎學園三年A班，加藤惠。

啊，附帶一提，她也是我們目前準備製作的新遊戲《不起眼女主角培育法（暫定）》中的第一女主角。

「怎、怎怎怎麼回事啊，惠學姊！」

出海突然被加藤……啊～不對，咳咳咳……被惠如此潑了冷水，就變得微微顫抖，同時卻還是不屈服、不猶豫、不退縮地把矛頭從我這裡轉到她身上。

「其實呢，希望參加社團集宿活動的人，在剛才變成六個了。」

面對出海那熱切而挾帶私情的訴求，加藤……不對，惠仍舊爽快地予以應對。

……同時，她也在回應的內容中安排了不太能忽略的要件。

「妳、妳是說……第六個人？」

「嗯，其實剛才在大家商量集宿的事情時，因為閒著也是閒著，我就用ＬＩＮＥ跟英梨梨聊到了。」

「天啊，我的天啊！惠學姊！」

沒錯，此時惠提到的，居然是之前隸屬於我們社團，後來卻就此退出，還跟出海互為怨敵、仇敵、宿敵，而且直到前陣子都和惠斷絕往來，不過在最近總算重修舊好（詳情請看GS2喔），可以說因緣非常非常深厚的一個人。

總之，後面還會做詳細介紹，但那個人就是豐之崎學園三年Ｆ班的澤村・史賓瑟・英梨梨。

「妳為為為什麼要跟那個女生說呢，惠學姊！」

「咦~畢竟要為女主角的泳裝劇情取景的話，總不能不跟英梨梨說一聲啊。」

嗯，要說的話，惠那樣的主張也並不是沒有道理。

在我們這次要做的新遊戲《不起眼女主角培育法（暫定）》裡面，由我負責的劇本撰寫作業正在火熱進行中。可是呢，其實先前劇情第一個完成的女主角，名字就叫澤村・史賓瑟・英梨梨（暫定）。

所以說，既然要替泳裝的劇情取景，身為女主角範本的英梨梨當然得換上泳裝當模特兒，這完全是合情合理，不言自明的理念……

「請學長不要被騙！澤村學姊是拋下你跟惠學姊，投奔紅坂朱音陣營的叛徒！要比喻的話，她就跟走紅之後立刻拋棄過去支持自己的男朋友，然後跟知名明星湊成對的賤胚藝人一樣！」

唉，雖然出海主張活脫脫偏向情緒化、網民化、網路社論化，卻也不至於不合道理，甚至相對來講其實是比較正當的主張。

「……呃～英梨梨對妳的回應大概像這樣。」

於是乎，惠似乎不想費心跟出海理直氣壯的論調對抗，就遞出自己的智慧型手機，給她看LINE上面的對話記錄。

結果英梨梨傳來的回應是：「我拜託的只有社團代表以及副代表。並沒有要向純屬社團成員之一的妳徵求意見，妳就別出聲了。」之類的，挑釁味十足的文字就寫在上頭。

……惠，不要直接把出海的發言打成文字稿發出去啦。

「啊啊啊啊啊！什麼嘛！那算什麼態度、什麼口氣！要為角色畫造型的是我喔，這部分妳懂嗎！我如果要忠實地畫出模特兒原原本本的體型，然後讓人打回票說：『這種平胸角色在美少女遊戲裡不能用啦。』也是可以的喔！」

「……來，這是英梨梨給妳的回應。」

隨後，惠就秀出螢幕上感覺只是火大到隨便亂敲，讓人根本看不懂在講什麼的大串文字與符號，充分表達出對方一如往常氣得牙癢癢的調調。

看吧，果然引爆戰火了……等等，這是不是也可以稱為網戰啊？

「倫、倫也學長，這樣子好嗎？我們一點一滴規劃的集宿行程全毀了耶？」

「不對吧，這件事我根本是在大約三十分鐘前才聽說的。」

「先不管那些了！趁這個機會，請學長明明白白地拒絕她！劈頭就跟她說：『這個社團已經沒有妳的容身之處了』，或者『外人給我一邊涼快去』，或者『假如妳跪下來拜託，要我考慮一下倒不是不行』諸如此類的……」

「抱歉，那樣英梨梨從下週起就不會在教室跟我講話了，請妳放過我吧。」

「啊啊啊啊啊，學長好軟弱，太軟弱了……澤村學姊這麼蠻橫不講理，難道我們還要任她蹂躪嗎？」

「不，情況根本沒有一面倒啊，起碼妳在鬥嘴這方面是佔壓倒性優勢喔。」儘管我想這樣幫出海打氣（？），但我本來就不想參加這場爭執，只好哼哼哈哈地應付過去。

「沒辦法了……要不然讓一百兆步，請哥哥退出這次的活動……好，這樣『五人沖繩行』就

成立了！」

這會兒出海的臉上總算稍微消了氣，還語帶嘆息地提出另一個提案。

「……呃～我說出海啊，妳在社團裡對待我的方式，是不是受了什麼人影響？」

……方法就是毫不遲疑地犧牲掉她唯一的親人。

可是……

「啊～對不起喔，小波島，有第七個人在剛才決定要去了……」

「為什麼啦，美智留學姊！」

另外有人表明要參加，使得出海忍痛做出的決定一下子就失效了。

「呃，因為小澤村說要去，我就順便寄訊息問了霞之丘學姊，結果她立刻回call……」

消息來自不知不覺中正在用智慧型手機跟人通話的美智留口中。

「啊啊啊啊啊！事情越弄越複雜了～！」

還有，美智留此時提到的居然是……好像也用不著訝異就是了，她提到的「霞之丘學姊」是之前隸屬於我們社團，後來卻就此退出，同時更是我尊敬的天才作家兼崇拜的寫作之師，還在離開之際發生過一點小插曲，同樣可以說是因緣非常非常深厚的一個人。

雖然後面也會再詳細介紹，不過那個人就是早應大學文學部一年級的霞之丘詩羽。

「等、等等啦……那個人這次連模特兒都不算耶！」

「啊，你們等一下喔。呃……『不要緊，只要倫理同學也讓我升格成女主角就沒問題了吧。』她是這麼說的耶？」

「詩羽學姊！」

「啊啊啊啊啊，舊成員連作品內容都要干涉了∼！」

而詩羽學姊就從美智留的智慧型手機喇叭，透過美智留的嘴巴，理所當然地參與了我們的會議。

「呃……『我記得在倫理同學的初期構想中有出現年長、黑長髮的女主角，所以這應該不成問題。她可是跟某個平胸角色不同，是要轉戰十八禁平台也能因應自如的實惠女主角喔？』學姊這樣說耶。」

……話說學姊開的黃腔實在太那個了，在場能忠實重現的只有美智留，不知道這該不該說是絕妙的安排？

「啊，英梨梨那邊有回應了。」

「妳不要跟著轉達多餘的訊息啦，惠！」

順帶一提，惠的手機螢幕上顯示的訊息是：「什、什什什什……霞之丘詩羽∼！」任誰都能將那種敗犬語氣在腦海裡原音重現。

第一章　我自己也沒想到現在會用上這顆**炸彈**

那裡從早上就人潮洶湧，好不熱鬧。

有人一邊拖著行李箱，一邊尋找接下來要轉車的月台。

有人穿著西裝倉促路過。

有人似乎是忙到早上才要回家，正一臉想睡地打著呵欠穿過驗票口。

有形形色色的人，聚集在這個日本的中心地帶。

東京車站，東海道新幹線搭車處……

在學生們放暑假的頭一天，或許是因為這個地方說不上有多大變化的關係，並沒有任何異於平日之處，一如往常地熱鬧。

……還有，對這段場景敘述感到眼熟（發現是從哪一集複製貼上）的人，若能寬宏大量地放過小細節我會很感激。

「哦～在那邊在那邊，回聲×××號列車……所有座位都是自由入座，我們趕快去排隊吧～」

一大早，美智留那似乎在懶散與活潑之間產生了二律背反的直爽嗓音，不甘示弱地在喧囂的新幹線月台迴盪開來。

總算追著她的聲音爬上樓梯以後，我們要搭的車輛已經停靠在月台了。

然而，東海道新幹線知名的特快列車內部似乎還沒有打掃完畢，隔著玻璃往車廂裡看，可以發現世界上動作最具效率的大嬸們，正以傲人的速度在轉眼間更換座位的頭靠墊。

「噯～阿倫，前面的頭頭行嗎～？我先過去排隊嘍～」

「喂！時間夠充裕，妳不要用跑的啦！」

「……呃，剛才那是在問要不要坐一號車前面的意思，對吧？」

如同「笨○和鐵路迷都愛搭前頭車廂」這句格言所述，美智留拋下我們直往月台邊緣走。

被甩在後頭的，則是行李數目明明跟打頭陣的人差不多，卻被東西重量累得團團轉而遲遲追不上她的三個人。

有我、惠、還有……

「嗚嗚……本來應該是要去沖繩的說……這時候，我們應該是在羽田機場的說……」

在南國夢滅後傷心透頂的出海。

此外，伊織基於種種考量（跟惠關係惡劣），就隔了一段距離跟在我們後面。

「……妳該放棄了啦，出海。」

「是、是啊是啊，惠說得對！買票的費用全部退回來了吧？光那樣不就謝天謝地了嗎！」

……唉，出海似乎從之前就一直很期待，不過同情歸同情，可以的話還是希望她要恨就去恨搶人男朋友的那個同學。

「要說的話，我當然……我當然知道在這其中有很多無奈啊。這麼多人要去沖繩，我也明白預算會有困難……唉，之所以如此，都是因為有來賓毫無預警地出面攪局，還有外人帶著一副天大地大我最大的嘴臉來參加，還有搗蛋鬼想搞砸我們開心的集宿活動，問題簡直不勝枚舉……！」

「……枚舉到最後，其實也就只有一枚吧，出海。」

「好、好了、好了，即使如此，地點近雖近，但我們還是找了能享受南國風情的度假行程，這樣不就好了嗎！」

「學長，癥結點就在那裡！所以說，地點近雖近，但還是能享受南國風情的度假行程，為什麼會是熱川香蕉鱷魚園嘛！」

「咦～香蕉鱷魚園不行嗎～？」

而且出海夢想破滅後的哀嘆漫無止境，終於連這次要去的熱〇溫泉（註：熱川溫泉）都被她抱怨到了。

呃，要說的話，她或許是在針對挑那裡辦集宿的我抱怨。

「但是出海，倫也提的另一個候補地點可是伊豆仙人掌公園喔。相較之下，我想這大概算是比較像樣的選擇吧？」

「惠學姊，我不懂耶，我一點也不懂那有什麼差別……」

「不過妳想嘛，冷靜思考的話，仙○掌公園與其說是南國，其實更接近南美風情……」

哎喲，反正兩邊都位在伊○地方（註：伊豆地方），從距離上來講也無法否定有可能重回候補名單就是了。

「但是呢，出海……假如妳小看熱川香蕉鱷魚園就傷腦筋嘍……」

「倫也學長……？」

先不管那些了，出海到現在仍像這樣對集宿提不起勁，我便直直地望著她的眼睛，編織出誠懇的話語。

「不會讓設施名稱蒙羞的豐富鱷魚種類及數量！還有棲息規模大到讓人莫名奇妙的小貓熊！而且朝植物園轉眼看去，除了有同樣不會讓設施名稱蒙羞的香蕉以外，更有可以賞玩豐富熱帶植物的溫室！種種美景就算稱之為○豆的南國也不為過！出海，妳也這麼覺得吧？」

在我拋出趣味橫生的旅遊資訊以後，出海與惠逐漸受了感染，她們的目光都被我話中的魔力吸引住了。

「大家走吧！跟我一起到香蕉鱷魚園的水果餐廳大啖木瓜，然後買芒果乾還有椰子脆片回來

當伴手禮！」

「呃，那、那個……」

「話說你怎麼會那麼清楚啊，倫也？」

……我本來以為出海與惠的反應會跟我想的一樣，但她們似乎都不太感興趣，真令人在意。

我好不容易把榴槤的存在巧妙隱瞞住的說。

「拜託啦，出海！最適合這次取景的集宿地點肯定就是○川溫泉了！再說，那裡離海灘也很近嘛。」

「倒不如說，那裡跟沖繩類似的地方，其實只有離海灘近這一點。」

「唔咕……」

我想用肺腑之言說服出海，卻莫名慘遭惠辛辣地吐槽。

但我總不能退讓。

畢竟，這是從暑假頭一天開始的四天三夜旅行，還在假期前夕才報名。

因此，連在鄰近東京的觀光景點訂旅館都吃了不少苦頭。

具體來說就是苦苦拜託惠的姊夫（任職於旅行社），硬是請他幫忙訂房間，使我在加藤家親戚間被貼上「做事毫無計畫又不負責任，什麼都要靠小惠的糟糕男友」這種標籤的苦頭……

「哎呀～取景地點沒順著自己的意就畫不出來，妳身為原畫家的能力是不是有問題啊，波島出海小姐？」

「什……？」

緊接著，就在我費盡心思仍想說服出海時……

從後面突然傳來了讓人有些懷……也還不到懷念的程度，在教室已經聽得很熟的聲音。

「英梨梨……」

「現在還算集合時間前吧，倫也，還有惠？」

「是啊，妳一向只有在時間這方面規規矩矩，英梨梨。」

「什麼『只有』……惠，妳說得很過分耶，啊哈哈。」

轉過頭去，就看到有別於日本人的耀眼金髮雙馬尾與白淨肌膚。

個頭嬌小，外加許多部位都小巧玲瓏，與歐美人大異其趣的體型。

總是對人挑釁，甚至不惜發生摩擦，自然本色就是嗆辣的言行。

從今年春天退出我們社團「blessing software」，如今在家用電玩大廠的ＲＰＧ巨作中名列為角色設計負責人，年少氣盛的新銳插畫家「柏木英理」。

豐之崎學園三年Ｆ班，澤村・史賓瑟・英梨梨。

「澤村學姊，妳說能力有問題是什麼意思……？」

於是，英梨梨那種挑釁的言行，身為同業者的出海當然無法忽視……

這一年來已經看慣的光景，在今天再度上演了。

不過……

「景色、天候、時間……再怎麼做，都會有不合印象的部分。我認為要設法用自己的想像力彌補差距，以最少的資源獲得最高的效果，才算得上是『真正有用的插畫家』，難道不是嗎？」

「那是理想論啦。沒有把確實吻合的情景先烙在眼底，對自己畫出來的成品就無法抱有信心了嘛。」

「會嗎？自己的頭腦要超越現實，才會有畫成圖像的樂趣或帶給讀者驚奇吧？將照片之類忠實重現的圖，並不能帶來超乎想像的驚奇或喜悅吧？」

「有那種能耐的，只有獲天遴選的人……我又不是柏木英理。跟我一樣缺乏那種能耐的人佔絕大多數啊。」

「可是，為了獲天遴選，總不能怠於努力吧？」

「咦……」

「像我們這種人，誰都不會想輸誰，不是嗎？」

「這、這個嘛，呃……」

「不過，反正我根本還沒到那種境界，跟妳說這些也有自我警惕的意思，啊哈哈。」

「澤村學姊……」

「哦、哦哦……？」

「唔哇……」

此刻，在出海眼前笑得滿是苦澀與溫柔的英梨梨，感覺跟我們認識的英梨梨不太一樣。

不，何止如此，她跟幾天前才在ＬＩＮＥ上面叫得像條敗犬的英梨梨也不一樣。

「所以嘍，其實我一直在期待集宿……我想，這是彼此都還不成氣候的繪師可以切磋琢磨的大好機會。」

「呃，妳說的那些……是、是真的嗎……？」

應該說，太令人意外了。感覺英梨梨很帥氣耶……？

「嗯，真的。我還想和妳聊這方面的事，而且，我也想看妳作畫的樣子。」

現在的英梨梨，已經不像以前在我們社團時有實力卻缺乏自信，還受到廉價的自尊心支配，對任何事都要爭一口氣的她了。

「我想我看了妳的圖肯定會跺腳，肯定又會找妳鬥嘴……不過到時候就請妳陪我嘍，一下下就好了。」

「我、我很樂意！」

沒錯，英梨梨現在得到了經實力保證的自信，還有跟自尊心好好相處的技巧，已經是個能讓

強大及謙虛共存的成熟創作者了。

英梨梨成長的模樣讓我覺得倍為可靠，同時，也有一絲絲的落寞……

「是嗎？那是非常好的傾向呢，澤村。」

「什……」

「唔哇！」

……我剛這麼想，那陣聲音，還有那種觸感，就突然從我的背後傳到上臂一帶。

「這次的集宿，確實是讓澤村和身為勁敵的波島好好談一談創作的絕佳機會。希望妳們務必在活動中從早論戰到晚。」

「妳、妳妳妳……霞、霞霞霞霞……！」

「手、手手手手手臂哇哇哇哇……」

沒錯，那是能在深沉黑暗中讓人感到溫暖，而且情感既複雜又豐富的嗓音。

再加上讓我忍不住從喉嚨裡冒出怪聲的柔軟觸感……

「而且對澤村來說，更是可以跟總算和好的加藤，讓友情變得比現在更深的好機會吧？妳們大可一塊兒在海邊游泳，一塊兒洗澡，一塊兒聊女生間的祕密話題到天亮。」

「什、什、什什什什……！」

「好、好好好好近、好用力、好柔軟！」

即使不轉頭也可以曉得，我的背後有一頭好似會把人吸進去的漆黑長髮。

朝著我的右臂使勁貼上來，讓人感覺再柔軟也該有個限度的豐滿胸……體型。

對別人時而厚黑，時而嬌媚，應對方式多變而靈活的言行。

從今年春天離開我們社團「blessing software」，如今在家用電玩大廠的ＲＰＧ巨作中名列為劇作家，美少女輕小說與遊戲劇本寫手的「霞詩子」。

「趁那段期間，我會跟倫理同學在炎熱沙灘上聊天，並肩走過傍晚的岸邊，一塊兒在深夜的露天浴池仰望星星，到了黎明在被窩裡互道早安。哎，真令人期待，能不能早點抵達旅館呢？」

「霞之丘詩羽～～～～！」

「詩羽學姊～！」

早應大學文學部一年級，霞之丘詩羽。

「等一下等一下等一下～！你們在做什麼，給我分開～！」

「喂，英梨梨！不要把我拖下水啦～！」

英梨梨朝我跟詩羽學姊的結合處（註：手臂一帶）使足腰力，把縱轉的迴旋雙馬尾甩了過來。

「久等了，看來我似乎有勉強趕上集合時間。」

「早安，霞之丘學姊。」

「啊、啊哈、啊哈……」

……英梨梨那幼稚也該有限度的搗蛋行為，讓剛才對她稍微刮目相看的我感到由衷慚愧。對此顯得絲毫不以為意的詩羽學姊依然緊緊地摟著我，並且匆匆向旁人問候了事。

面對那樣的詩羽學姊，惠就像平常一樣穩穩當當地回以問候，出海卻板起臉孔僵住了。

……雖然在這種情況下，出海的反應肯定比較符合常識，不過現在提那些也無濟於事。

「妳現在……現在還搬出整套年長型女角的賣肉老把戲是想怎樣啦～！」

「畢竟在這次集宿中，我就會接在加藤還有妳之後，出道成為二次元女主角啦。」

「又沒有人答應妳！說到底，就算採用那種既陰沉又病嬌的地雷女主角，也不會讓任何人幸福啦！」

「……話說回來，試著重新審視以後，我還是覺得妳的二次元定型化反應實在太自然，似乎很難和妳相抗衡呢。」

關於「二次元定型化反應做得很自然」這種讓人有點搞不懂在說什麼的詞，暫且就不予糾正了，詩羽學姊好像終於有意把戲弄的對象從我換成別人，她一放開原本摟著的我那條手臂以後，就改抓英梨梨的頭，將對方的動作固定住。

「唔……放、放手啦！霞之丘詩羽～！」

於是，英梨梨的金髮雙馬尾頓時失去迴轉力，垂直地往下垂了。

原來如此，對付那種攻勢不是從髮梢下手，只要讓作為動力來源的頭停住就行了……理所當然嘛。

「澤村，妳該改掉在公眾場所給人添麻煩的毛病了。真是的，明明畫圖功力有驚人的成長，在做人方面卻不長進到讓我傻眼的地步。」

「說歸說，妳在私生活方面還不是到處給人添麻煩！像今天早上，妳以為我打了幾次電話叫妳起床！還不是因為妳都不接電話，約碰面的時間才變得這麼吃緊！」

「沒辦法啊。我為了參加集宿就連續熬夜三天，到兩小時前才把劇本寫完。讓我小睡一下也不至於遭天譴嘛。」

「熬完三天再過兩小時就要出門還敢睡，妳這具行屍的腦子根本已經爛掉了！」

到最後，英梨梨和詩羽學姊大吵特吵的老樣子還是在公眾場所給人添了麻煩，更把我們這些原本的集宿班底晾在一旁越吵越凶。

假如放著不管，感覺她們就會像那樣一路吵到目的地。

所以，我只好闖進兩人之間大喊：「妳們倆都夠了！」並打算設法收拾這樣的事態……

「哈哈……」

……我根本就辦不到。連阻止的意願都沒有。

畢竟，睽違半年了。

能用這雙眼睛看著她們生龍活虎地吵架……

在去年，這是我看都看膩了的景象。

視聽教室、咖啡廳、路上、電車當中，還有我的房間。

英梨梨的發飆絕活是雞，詩羽學姊的毒舌絕活是蛋。

那種讓人分不清誰先誰後的口角，不挑時間及場合就會突然發生，還總是將我捲進風暴中。

……呃，雖然說扯來扯去，倒也不是沒有導火線往往都是我的感覺啦。

而且，這是在今年戛然而止的景象。

我們不再到視聽教室集合，兩人的身影都從我房間消失了。

新社團、新成員、新作品、新挑戰，確實讓我感到刺激、開心而充實。

然而，即使在與大家合力製作遊戲的瞬間，我難免還是會想起她們兩人。

不是只想英梨梨。不是只想詩羽學姊。

我想起的是她們倆待在同一個地方，朝著同一個方向，卻抱持全然不同的意見，針鋒相對的

那一刻……

「給你。」

「咦？」

……結果細細思考這些事的我並沒有阻止她們，還茫茫然地杵在原地，有隻手就輕輕地放到我的肩膀上。

轉頭望去，有惠用另一隻手遞出手帕的身影。

「你在這種情況下擺那種表情會很奇怪喔……倫也。」

「啊……」

我在反應過來的瞬間不小心吸了鼻子，以男生而言這或許是致命敗筆。

不過，此時此刻，從那種害臊中都能感到有些欣慰的我既軟弱又自豪。

所以我還是沒有掩飾自己現在的表情，自豪地收下惠的手帕，用力擦了擦眼角。

於是，惠也溫柔地望著那樣的我，然後將懷念的目光轉到眼前繼續鬧翻天的兩人身上。

「等一下，澤村，剛才那些話我可不能當作沒聽見。我到底哪裡像行屍了？」

「妳明明就是行屍嘛！血壓低，動作又慢。再說妳早就被甩掉了，還一直不死心地糾纏……妳果然就是行屍，戀愛行屍！」

「啊，原來如此，聽妳一說確實有道理……」

「……咦，妳承認喔？」

「是啊，妳想嘛，只要考慮到我是行屍，上次我吸收倫理同學的精氣就說得通了。」

「喏啊啊啊啊啊～！」

「沒錯，那是在半年前……我吸了倫理同學年輕有力的莖……呃，精氣，當時也是在這座新幹線月台呢。如此一想，這次集宿活動不是處處都能嗅到嶄新開端的預感嗎？妳說是吧，澤村？」

「住口，住口，住口～～！絕對，絕對不要，絕對不要讓我想起那件事！嗚哇啊啊啊～！」

「…………哦～」

「…………咦？」

接著，惠就用像是看到垃圾的眼光凝視著我，然後匆匆地收回手帕，走到美智留正在等著的月台邊緣。

那一連串動作簡直快得像電光石火，因此那時候，我沒辦法解開惠的誤會並告訴她真相。

是的，我來不及說明「行屍型的不死族怪物根本不會吸取精氣」，這在西洋奇幻ＲＰＧ中屬於基本鐵則……

第二章　難怪**遊戲**的文字量會變多

大概是因為在平日搭回聲號的關係，當月台放出廣播，我們要搭的車輛終於開門時，在一號車前頭候車處排隊的到頭來只有我們七個人。

就這樣，在幾乎形同整輛包下的車廂內，我們各自挑了位子隨意坐下。

惠不知為何跟我空了一大段距離，和英梨梨要好地相鄰而坐。

詩羽學姊一個人迅速佔走窗邊的位子以後，對於裝熟擠到旁邊的美智留似乎很困擾，卻也沒有趕人就進入熟睡模式了。

至於跟詩羽學姊一樣，佔了雙人座靠窗位子的我旁邊……

「嗨，倫也同學，我要坐你旁邊打擾你嘍。」

「既然你知道會打擾就別坐了。」

不知不覺中和我們會合的伊織匆匆坐了下來。

「討厭耶，你不必把我當成那種在推特上無視他人困擾，就隔著追隨關係回推亂講話的邊緣分子吧？」

「話說你剛才這個舉動，對出海說不過去吧……」

沒錯，在伊織就座的前一刻，出海才客客氣氣地往上望著我問：「學、學長，請問，我可以坐這邊嗎……？」

因為如此，出海目前仍杵在通道上，淚汪汪地瞪著自己的哥哥……

「抱歉嘍，出海，到品川以前，這個位子可不可以借我坐？我有遊戲的事要跟倫也同學談。」

「嗚～嗚～嗚嗚嗚嗚～」

「謝謝妳爽快答應。那麼倫也同學，我們趕快把事情談完吧。」

「呃，剛才她那種反應也能硬說成『爽快』，你為人兄長未免太有自信了。」

出海依然淚汪汪地瞪著伊織，卻又沒有違抗哥哥狠心的命令，她垂頭喪氣地繞到我們前面的座位以後，就從兩個座椅的縫隙間偷偷盯著我們。

……好恐怖。雖然她沒有「唔咯咯咯咯咯咯」地笑出來，但還是好恐怖。

「……然後呢，你要談什麼？」

「唉，雖然不清楚是什麼情形，不過加藤同學好像對你避而不見，所以我才好奇。事情似乎跟『吸取精氣』一詞大有關係，然而那到底是指什麼呢……？」

「你從哪裡聽到的？你直到剛才都躲在某個地方觀望對吧！」

「……不好意思，伊織，麻煩你再說一次。」

「倫也同學，接下來在抵達目的地的車站以前，你要分別跟五個女生合拍照片，所有人都要輪到。」

「我一點也不懂那能有什麼意義、目的、方法，還有你為什麼會覺得我辦得到啦！」

在列車離開東京車站，正緩緩加快速度的過程中……

之前表示「有遊戲的事要談」而強行佔據了我身邊座位的製作人（伊織），所給的指示非常非常非常不可理喻。

「哎喲，時間不成問題啦。包含轉車在內，到目的地大約有兩小時車程。每一個人就算花了五分鐘搭話，也可以聊上二十分鐘。沒什麼好擔心的。」

「時間問題？嗳，那單純是時間的問題嗎？」

換句話說，就是要我在有限的時間裡，跟社團中的「所有」女性成員（包含新舊）公平地、一個不漏地、毫無節操地輪番進行交流的意思。

連創作故事中的後宮男主角，都會因為後宮作品必須顧及「女主角陣容裡面往往有一個人會排斥男主角（傲嬌）」的準則，幾乎沒有人實現過那種壯舉，可說是前人未及的領域（採樣自同一作家的作品）。

「即使如此，你還是有必要那樣做喔，倫也同學。」

高門檻的指示讓我臉色發青，然而，伊織仍對我秀出他的平板電腦畫面，並強調其必要性。

「這、這是……」

「沒錯，這是你寫的劇情大綱……由你，對你自己發下的指示書。」

伊織在螢幕上開給我看的，確實是我交出的成果……將這次遊戲新作的進行流程寫成詳細的情節結構說明稿的劇情大綱。

而且，伊織用手指點出的那個部分，不就如此寫著嗎……

海水浴劇情事件：
條件：七月後半，學校進入暑假的同時就會自動發生
內容：所有女主角會跟主角出外住宿，享受海水浴
進展：三天兩夜的旅行中，整體流程如以下所述
選項1．移動到目的地途中會發生的劇情事件
約好在車站會合，所有人搭同一輛電車。
那麼，要坐在誰的旁邊呢……？

A.坐出海（暫定）（學妹型女主角）旁邊
↓出海（暫定）好感度＋1
B.坐詩羽（暫定）（學姊型女主角）旁邊
↓詩羽（暫定）好感度＋1
C.坐美智留（暫定）（表親型女主角）旁邊
↓美智留（暫定）好感度＋1
D.坐英梨梨（暫定）（青梅竹馬型女主角）旁邊
↓英梨梨（暫定）好感度＋1
E.坐巡璃（第一女主角）旁邊
↓巡璃好感度＋1
F.逃離所有人朝連廊而去
↓接到14

「喔喔……」

毫無疑問，那就是我在大約一個月前，像著了魔似的拚命完稿的純文字檔案，完全無法託詞逃避，上頭就寫著關於這次旅行取材目標的詳細內容。

「選項2」之後的部分請容我就此省略，即使如此，遊戲人物在這段情節只度過了短短兩小時……何況都還沒有到目的地的海邊，居然特地安排了附選項的劇情事件，這份劇本的情節密度還真扎實，不是嗎……？

那也就罷了，雖然東西是我自己寫的，不過選F的時候到底會發生什麼事啊……？

「聽好，倫也同學，製作遊戲的集宿活動已經開始了……」

「唔……」

伊織用看似刻意的嚴肅表情激我。

「在集宿劇情中，被考驗實力的並不只是原畫家……劇本寫手能將情景描述得像親身經歷過一樣，將會是左右遊戲品質的一大要素，這應該不用我多作說明吧？」

說穿了，事情就是「這傢伙絕對是想靠激我來取樂吧？」然而點破這一點，在目前也沒有任何意義。

「實際到了海邊以後，『女主角們因為出外旅行而變得開放的大膽反應』自然不可或缺……但是在這當下，『抵達旅行地點以前，女主角們心裡交雜著期待與不安，顯得和平時略有不同的微妙反應』就只有現在可以取材。」

畢竟此時此刻，伊織說出的那些話，只是將我之前對大家熱情訴說海水浴劇情的必要性時，讓所有人都不敢領教的那些想法逐字逐句地重現出來罷了……

「來，出擊吧，倫也同學……我們不能錯過這個準備脫離日常生活的時刻……你要跟女主角們相互接觸，把所有女生的好感度一塊兒納入手中！」

「不不不不不，你等一下！那我沒辦法啦！我有說過自己要當劇本寫手，但我沒說要當後宮作品的男主角啊！」

「難道你覺得無法將自己融入男主角的劇本寫手，寫出來的作品能讓玩家投注感情嗎，倫也同學？」

「就、就算你那麼說！要不然你自己辦得到嗎？」

「這個嘛，照目前的情況，我想這對波島伊織而言確實是不可能的任務。」

「看、看吧？我就知道……」

「……不過，此刻我如果是安藝倫也，就會覺得這是簡單到太過缺乏挑戰性的考驗。」

「我不管！反正我絕對不會認同你講的理由與依據！」

「哎呀，無論怎麼說，對於宣稱過『要把自身靈魂奉獻給遊戲新作』的你而言，是完全沒有選擇的餘地喔。」

「唔、唔唔、唔……」

在創作領域中，想像力超越真實體驗這種事，是存在的。

對於本身不明瞭的事物所具有的強烈渴望與期待，能凌駕於對現實的描寫，比現實更加打動人心這種事，是存在的。

但即使如此，假如志在寫出好作品，就不應該在有機會觸及現實時卻刻意棄之而不用，還指望想像力帶來的奇蹟。

……沒錯，換句話說，目前能挺進後宮樂園的機會就在這裡，逃避的話就不夠格當創作者！姑且不論是否夠格當個人。

「我、我想到了……只要先跟大家講清楚『這只是為了寫劇本的取材』，得到她們的理解就行啦！」

「很遺憾，那樣是不行的，倫也同學。」

「為、為什麼……？」

「那樣一來，『男主角被旅行的解放感沖昏頭，才擠出僅存的勇氣約女生』這種投入感就被糟蹋了……他的緊張感，還有無法拿捏跟女主角之間的距離而掙扎的心情描述，都是這段劇情的精髓所在啊。」

「唔、唔唔唔唔……」

而且，就算我拚命提出代替方案或暫定之策，身為製作人兼總監的伊織還是統統駁回，只顧追求遊戲品質。

呃，堅持到這種地步，也無法抹滅他只是在利用這種情況找樂子的嫌疑就是了。

好啦，暫且不管這件事，我已經無計可施了。

在製作電玩或動畫時講出這句話會散發出許多危險的味道，因此當我剛才沒說，但我身陷不容走回頭路的狀況這一點似乎毋庸置疑。

……車內的廣播宣布列車現已抵達品川車站。

所以再過不到幾十秒，我就得做出第一個選擇。

那麼，要坐在誰的旁邊呢……？

A.坐出海（暫定）（學妹型女主角）旁邊

「打擾學長了～！……啊，打擾的是直到剛才都坐在這裡的那個人嘛。學長，請多指教！」

「好、好喔，請多指教，出海。」

……因為如此，煩惱到最後，我做出的第一個選擇就變成這樣（出海）了。

不，我先在此聲明，這絕不是因為「反正出海本來就想坐我旁邊」或者「出海應該不會多想什麼就奉陪」，又或者「出海總不可能拒絕吧」諸如此類單純用「先從救濟型角色的劇情開始跑」的思路歸結出來的結果。

對了，她在Ｖ◯ｔａ（bl◯ssing fl◯wers）版（註：ＶＩＴＡ版）遊戲的待遇也類似如此耶，這種事想太深真的不好……

「……要把胸罩解開，也是可以的喔。」

「不、不行啦……兩個人之間又沒有那麼深的關係。」

景色從窗外飛快流過。

然而在車廂內，唯獨我們這邊的雙人座與周圍有著不同的時間流速，感覺既安靜，又搖擺不定。

「我不在乎那些……即使不是朋友，也沒有什麼特別的關係，那都不要緊……」

「出海……」

「只要學長有意願，只要學長想要那樣的話，我都可以……」

出海的聲音裡，夾雜著她呼出的氣息。

她那種語氣、興奮的呼吸節奏、紅潮的臉頰還有濕潤的眼睛，似乎都在期待我接下來的答覆，顯得嬌媚而春情蕩漾。

因此，面對興奮狀態的出海，我抱著一個巨大的決心，毅然地開口：

「不～行，不可以。這次的海水浴劇情中不准畫泳裝走光的場面。」

「咦～」

而出海聽完我的決定以後，抱怨歸抱怨，還是在素描簿上快畫好的女主角裸體上加了泳裝的線條。

即使表現手法再怎麼挑戰尺度，出海也完全沒有那方面的意思。

正因如此，相較於在普通對話中也會刻意穿插那種意圖的學姊（詩羽學姊）型女主角，在選擇上的難易度簡直有如天壤之別，實在是個優秀又具備高泛用性的可愛女角。

說真的，她是個好女孩喔。

再強調也嫌囉嗦，但她可不是救濟型角色喔，別誤會了喔！

「聽好了，出海。在美少女遊戲裡，尤其是純愛類型，從故事前段就安排直接的煽情場面是有百害而無一利的。」

「咦～可是，如果前段沒有能緊緊抓住玩家胃口的要素，玩久了不是會膩嗎？」

唉，那碼子事歸那碼子事，我的意見難免不會被認為是在嫌棄那種，動不動就把泡溫泉劇情安插於開頭的庸俗後宮戀愛喜劇，出海聽完就歪著頭，露出一副不太能接受的樣子。

「在進入劇情中期以前，都得用各個女主角身上『不著痕跡的可愛之處』來釣玩家……要在沒什麼大風波出現的日常生活片段裡，用若無其事的描述手法吸引住玩家。」

「唔～我覺得學長追求的意境確實很崇高喔。不過，那對畫圖的人來說門檻會非常高耶，倒不如說，感覺就像武器被人沒收一樣……」

「就算那樣也不能遷就於輕鬆的方向！創作者自己都不肯珍惜的女主角，又怎麼會有玩家喜歡呢！」

「啊……！」

「假如女主角是在愚蠢過頭的劇情事件裡迷上男主角，或者在玩家都沒有發現時就讓好感度封頂，或者心儀的對象僅限於帥哥※，或者真面目是個未開○的賤貨，追到那種女朋友的男主角不就跟著失去格調了？難道妳不這麼認為嗎，出海！」

儘管我的意見難保不會……應該說，根本只能解讀成在批判那些庸俗後宮戀愛喜劇，完全讓人搞不懂到底是在跟誰對抗……

「要滿懷愛情，用全心全意將角色呈現得可愛更可愛，經過醞釀再醞釀……到了最後關頭才讓細心培育出來的女主角脫光或喪命，玩家就會因此瘋狂啊！呃，喪命是我的誇飾表現啦！」

「倫、倫也學長……！」

然而這一次，出海雙眼發亮地正面望著我……

「倫也學長……是我……是我錯了！」

「妳明白了嗎，出海！」

而且，她給了我回應。

「學長說得對，能撼動人心的是落差感……這在創作是基本中的基本！」

「是啊，在開頭抓住人心確實很重要……然而，當故事結束時，要是不能在最後關頭帶來最大的衝擊與感動，就算能成為佳作，也成就不了名作！」

沒錯，我想告訴出海的就是那個道理。

在這部作品裡，我最想展現的是結尾那一幕。

「結局好，一切都好。」秉著前人留下的這句至理名言，女主角最可愛也最騷的一面（註：普遍級）就是要在最後關頭才能亮出來……

「是的，在最後一幕要營造最大的衝擊與感動……所以說，我們就在結尾殺掉金髮女主角來博取大把眼淚吧！」

「住手啦啊啊啊啊啊啊啊啊啊啊啊啊∼∼！」

我說過那只是誇飾表現了嘛……

B.坐詩羽（暫定）（學姊型女主角）旁邊

接著，當新幹線停靠過新橫濱車站，並且發車改往小田原加速的途中。

「……這個位子，沒有人坐嗎？」

「……嗯。」

在那種環境中，我僥倖在靠走道的這一邊找到空位，就靜靜地朝坐在旁邊位子的長髮女性問了一聲。

「好久不見呢，學姊。」

「是啊。」

就這樣，我一邊用似曾相識（從第五集複製貼上）的情境描述爭取篇幅，一邊順利地邁進下個女主角的劇情……

我坐到了霞之丘詩羽學姊身邊的座位。

「說是這麼說，明明現在每個月都會見面，總覺得……還是有好久不見的感覺。」

「是……沒錯。」

然而，在我像這樣跟詩羽學姊坐到一塊兒，並且互相討論社團的集宿活動之前，曾發生過許許多多的迂迴曲折。

「噯，詩羽學姊……」

若要提到那些……

「先不管那個了，倫理同學，你把波島直接擱在那邊好嗎？」

「對不起，我之後會彌補，請學姊現在不要談那個了！」

是的，好比說，為了完成伊織叫我「跟所有女主角跑完對話劇情」的無理要求，好不容易跟出海聊得熱絡起來的我中途把話打住，還留下她一個人，自顧自地換了位子。

到現在，我依舊忘不掉出海那種像小狗遭到遺棄一樣的絕望眼神……倒不如說，從前方就有「嗚～嗚～嗚嗚嗚嗚嗚～」的哀怨聲音傳來啊！

「好久不見呢，學姊。」

「你的意思是要從二十秒前重新來一遍嗎？」

「對不起，我想那已經夠了。」

結果，就算將敘述往前回溯約二十行左右，氣氛當然還是無法變得和剛才一樣，我們倆不自覺地帶著苦笑嘆氣，然後就聊起了閒話家常。

「謝謝你，倫理同學。」

「謝什麼？」

「集宿活動，你願意讓我參加。」

「那要謝我們的社團成員啦……尤其是美智留。」

「……這麼說也是。」

沒錯，對於這次詩羽學姊參加集宿的事情，積極遊說大家的竟然是學姊還在社團時，即使客套也稱不上彼此關係良好的美智留。

而且不知道為什麼，美智留自從搭上了這輛新幹線後，也彷彿理所當然地坐到詩羽學姊旁邊；當我找學姊講話時，她還若無其事地把位子讓了出來，識相程度簡直讓人想質疑：「妳真的是美智留嗎？」

「即使如此，我還是感謝你……畢竟擁有最終決定權的是你這位社團代表。」

「不用那樣啦……再說，我根本沒有拒絕學姊的選擇。」

「哎呀，沒那回事喔。假如你對我百依百順，你現在應該已經變成病態、頹廢又差勁的小白臉了。」

「不好意思，但我還在讀高中，還屬於被扶養人！」

……結果，學姊與美智留形成對比，她展現出的厚黑程度和以前並無二致，讓人忍不住深深地認同：「啊，這個人果然是詩羽學姊。」

畢竟她老是像這樣，對高中生接連拋出難以應對的哏……

「不用拘泥於父母啊，要我養你多久都行喔。我想想，每月付你二十五萬圓，房租另計，這樣的條件如何？」

「妳不要開那種聽起來亂具體，實際上又好像很有可能實現的條件啦！」

女大學生，霞之丘詩羽……她的另一面是輕小說作家「霞詩子」。

她每年大約出版三四本輕小說，光首刷就能達成○萬本的銷售成績，據說現在仍順利地持續再刷。

換句話說，把銷量乘以百分之〇版稅以後，考慮到學姊的收入，方才她開出的數字絕非天方夜譚……唉，夠了，就此打住吧。

「學姊還是老樣子……應該說，妳上了大學以後玩的哏越來越危險了耶。」

「不過，針對這次集宿，你就是需要那樣的對話吧？」

「咦……？」

「你現在會像這樣找我講話，是在取材對不對？」

「呃，這、這個嘛……」

「從對話及對方的反應、舉止，尋求描寫角色的題材並活用在作品上……換句話說，這是在採集跟年長學姊型女主角對話的樣本，對不對？」

「學、學姊怎麼知道的……？」

「那還用問……假如是我的話，絕不可能放過這麼有趣的情境啊。」

女大學生，霞之丘詩羽……她的另一面是輕小說作家「霞詩子」。

她每年大約出版三四本輕小說，光首刷就能達成〇萬本的銷售成績，據說現在仍順利地持續再刷。

……換句話說，表示她就是有那樣的能力才會如此吧。

「詩羽學姊……真是敵不過妳耶。」

「既然你承認自己不是對手，就把一切交給我……我會扮演好你要的年長學姊型女主角。」

「呃，學姊那樣說，是打算營造成什麼風格的角色？」

「我想想喔，比如說起台詞就像個舊情未了的女人，態度又給人藕斷絲連的感覺……」

「對不起，角色設定成那樣會讓劇本寫手（我）的心靈撐不住。」

「哎呀，我隨時都準備好要迎接你這把刀回鞘了耶。」

「詩、詩羽學姊……！」

雖然我早就知道她會這樣啦……

即使如此，詩羽學姊用手掌撫摸我的臉頰、柔軟胸部觸及我的手臂、大腿緊緊貼到我腿上的感覺讓我既無法躲，也無法承受，就像三個月前的那個瞬間一樣，我愣住了。

「好嘛，倫理同學。」

「不、不對啦，像這種劇情，不應該出現在共通劇情線，要在更接近結局時才……」

「要不然，這樣安排你覺得如何？只有那個年長型女角的劇情線，會在海水浴事件中分歧成兩邊……有原本該走的純愛路線，以及充滿背德感的肉慾路線喔。」

「我說過這是普遍級遊戲！」

「不要緊，交給我來……我會教你怎麼用遊走於尺度邊緣的描寫手法，讓人完完全全可以聯想到『那方面』，卻又不會逾越普遍級的界線。」

「什、什、什……」

於是乎，就在詩羽學姊的手、身體還有嘴唇都要跨進她聲稱的「普遍級界線」遊走的時候……

「好啦，小田原到了～時間到～」

「唔哇！」

「哼……」

從前面座位探身低頭看過來的悠哉短髮，出現在我們倆人眼前。

……同時，車內廣播也如她（美智留）所提醒的告知旅客，列車已經抵達小田原。

「哎呀～真可惜耶，霞之丘學姊。跟往常一樣，明明只差那麼一步，可是在緊要關頭就會突然不好起來～」

「冰堂……！」

「啊唔……」

而在這時候，或許就像美智留點出的一樣吧，詩羽學姊那蘊含怒意的氣息，在只差三公分就會觸及的緊密距離內，輕輕地拂過我的臉。

「學姊ＯＵＴ～換我ＩＮ～好了好了，趕快把位子讓出來。」

3A

「……我最討厭的果然就是妳。」

就這樣，美智留像是在戲弄人似的，嘻嘻哈哈地用手指著詩羽學姊，毫無保留地發揮了一如往常的不識相本色，讓人深深體認到：「啊～她果然是美智留。」

C.坐美智留（暫定）（表親型女主角）旁邊

接著，新幹線從小田原發車以後，又朝著熱海加速駛去。

所以嘍，為了準備在接下來的熱海車站換車，我們就……

「噯～阿倫，那片星鰻給我好不好？我用這塊筍子跟你換。」

「當然是不好啊……」

在美智留莫名其妙地硬拗之下，我們悠悠哉哉地進入午餐時間了。

話說從小田原到熱海明明就比其他站的區間短，要趁這段時間吃完便當是在趕什麼啊？比傳聞中在靜岡到熱海之間用電話談完分手的傳奇性劇本寫手還扯耶。

「唔～我明明就有講道理跟你用交換的……你身為表親的情分還有身為男人的器量都太狹小了啦～」

「星鰻與筍子根本不能算等價交換吧！妳身為表親的霸道還有身為女人的任性才過分！」

「趁你講這麼長一句吐槽的時候，我夾走嘍～」

「啊～美智留～妳居然這樣！」

「嗯～好吃……嘿嘿～謝謝招待～」

「唉～夠了，真是夠了，星鰻只放了三片的說……」

「討厭耶，別一副像是世界末日的臉啦～……沒辦法，那就把筍子附燒賣一起給你吧～」

「一開始用那種條件交涉不就好了，受不了妳……」

我和美智留就這樣互相搶著深川炊飯與燒賣便當，大呼小叫地度過了中午的時光。

「拿去吧，阿倫，啊～」

「喔…………啊！」

……可是。

「那個距離……比我剛才還要近～」

「唔哇啊啊……他們間接接吻耶～」

「不好意思，請妳們兩個換位子或面向前面！」

我們那副模樣，被詩羽學姊和出海從前面座位的縫隙默默地盯著，眼光扎得我好痛。而且恐怖度還是雙倍。

「好啦、好啦，阿倫，已經沒有時間嘍。別像學姊那樣把時間花在培養氣氛，我們趕快把能做的事情做一做吧～？」

「噯，我說過嘍？妳那種追求實質效益的調調，不適合當純愛遊戲中的角色啦，要我強調幾遍……」

總之，設法將閒雜人等趕走以後，終於可以開始「取材」的我們把吃一半的便當先放一邊，開始討論起新作的遊戲劇情。

……雖然我並不是沒有這跟起初心目中的取材方式走偏了不少的感覺，反正追求的功效一樣，算了。

「不過你想嘛，像這種吃便當的劇情事件，在你們那些美少女遊戲裡算必備橋段吧？剛才的情景感覺不就可以當參考嗎？」

「不一樣，有微妙的差異……」

「不然這樣吧，『你看～臉上沾到飯粒了喔』……男生就喜歡這種橋段對不對？」

「才才才才才沒有！妳不要把國高中男生的純情想得那麼簡單啦，小美！」

儘管美智留把手從我的嘴邊，挪到她嘴邊的那一瞬間令人心跳加速，但我還是清了清嗓子，克制住那份心跳，並且盡可能用冷靜的語氣開始講解。

「美少女遊戲的便當劇情……便當都是女主角親手做的啦。要滿足那個前提才能談下去。」

「呃，坐電車旅行就要吃車站賣的便當吧？」

「對啦，確實要那樣才有旅行的情調！可是那跟美少女遊戲的文法不相容！」

「唔～好難喔。」

沒錯，所謂萌系作風是更加狹隘的……

就算賣相跟味道再怎麼好，無法從中感覺到女主角的心意，就無法打動玩家的心。

因為那本來就不是現實中的便當，味道、香氣及賣相這些「結果」，並不會和感動有多少直接的聯繫，只有「女主角專程為了自己做便當」的這個「過程」才會受肯定，並且逐漸累積於玩家的腦子裡。

所以超美味的現成品，贏不過親手做出來的難吃便當。

畢竟難吃的手藝可以直接幫女主角的角色性增色，因此無人能敵。唉，坦白講做菜技術爛的女主角已經多到快要讓人倒胃口……呃，沒事。

「美智留，只要妳領悟不到那種細微的『美少女遊戲情調』，就無法成為上得了檯面的美少女遊戲主角！好好反省吧，給我反省！」

「謝謝你十足高姿態又自以為是兼性騷擾的指教～」

吐槽歸吐槽，說來說去，從美智留的反應裡還是感覺不到憤怒、困惑及悲傷。

所以她果真當不了美少女遊戲的女主角。

唉，先不提惠在這方面也一樣就是了。

「美智留……妳缺乏絕對的青春感。」

「青春～？」

沒錯，從美智留身上，只能感受到親戚特有的親暱。

雖然說身為男人，從中還是可以本能性地體會到心動感，可是卻少了青澀、清新、嬌嫩而青春洋溢的心動感。

……呃，或許會有人指正：那詩羽學姊不是也一樣嗎？但即使如此，美智留跟她就是有決定性的差異。

「還有妳不會害羞，不會猶豫，缺乏覺悟。」

「那當然了，畢竟你跟我是一家人嘛。」

「家人要是保持家人的關係，就無法成為美少女遊戲的女主角。」

從小就黏在一起的父母、同年齡層的朋友還有親戚，都是可以用體溫或體味認出來的。

摸起來冰冰涼涼很舒服的母親。

儘管汗水濕黏，卻不會讓人感覺那麼排斥的朋友。

菸草酸味嗆得簡直要讓鼻子掉下來的親戚伯伯。

還有體溫只比我高一點，有著淡淡牛奶芬芳的女生親戚。

「家人」就是有那種莫名的安心感，或者熟悉的溫暖及氣味。

因此美智留只會刺激到本能，不會刺激到青春。

即使可以當主菜與主菜間的賣肉要角，想成為讓人小鹿亂撞的純愛型女角就……

「所以說，那我要怎麼辦～？」

要怎麼做才能讓親戚型女角轉移跑道，變得像其他女主角一樣有純愛屬性呢……

是的，結果，目前的我仍沒有解決問題的方法。

「呃～舉例來說，像是減少過度的肢體接觸，重視心靈上的聯繫……還有會忍不住害羞。」

所以，我現在只能在不明白的情況下多方思考，試著從錯誤中逐漸學習……

「那你就要做各種嘗試啊。」

「啥……？」

當我正要迷失於思緒迷宮的那一刻。

美智留靠到座位上，然後輕輕地……不，她用力閉上眼睛了。

「換句話說，阿倫，只要你找到能讓我害羞的事情就行了，對不對？」

「咦、咦？」

「那麼，你就試著從錯誤中學習啊。」

「由、由我來試……？」

「嗯……可以啊～試吧，我不會對你用反擊的招式。」

「美智留……？」

美智留說是那麼說，感覺上，她並沒有像平時一樣放鬆。

閉著的眼睛使足了勁，不僅如此，全身還湧現出緊張的情緒，身體更微微冒汗。

「像是稍微握我的手，輕輕摸我的頭髮，或者默默地望著我……」

「試著對我那樣做啊……阿倫。」

「……唔（吞口水）。」

像她那樣子……已經可以……

可以看出以往在這傢伙身上從來不曾感覺到的「覺悟」。

明明和以往相比，要做的事情根本就沒有什麼大不了。

明明沒有什麼刺激可言。

「…………」

「…………」

光是其中一顆齒輪失調。

光是美智留變成被動。

呃，該怎麼說呢，那種「不習慣的感覺」就已經……

讓人非常地，有感覺了。

「……熱海到了耶～」

「是、是啊……」

……就這樣，這次是因為我孬的關係，時間照例又到了。

「那要準備換車才行嘍。我們回位子吧，阿倫。」

「哦。」

不過，對於我們剛才度過的時間，我想我……還有美智留都滿足了。

畢竟在那當中，確實有純愛屬性需要的「猶豫」成分在。

D.坐英梨梨（暫定）（青梅竹馬型女主角）旁邊

在熱海從回聲號下車，再直接改搭舞孃號以後，車窗外終於可以看見這次集宿讓人期待的景

色了。

右側車窗是蒼鬱茂密的山。

左側車窗是深藍色的海。

從兩邊車窗有燦爛陽光照進來。

此外……

「唔哇，感覺超熱的……好想趕快進飯店登記入住，然後關上窗戶猛開冷氣～」

「妳那是主動跟來海邊集宿的人該講的話嗎……？」

在我旁邊，有反射那陣陽光，將耀眼金髮綁起來的少女。

只要這傢伙沒有像平常一樣說出那些不健康的發言，實在美得可以入畫，真可惜。

「不提那些了，所以說，就這樣不管惠好嗎？」

「怎麼可能好啊！不過現在先別談那一點，拜託妳！」

女主角的對話劇情（為執筆所做的取材）剩下兩個選項，做足準備以後，我終於向從這趟旅行剛開始，就一直形影成雙的惠還有英梨梨搭話了。

……霎時間，惠的身影從我的眼前瞬間消失，後來就只剩英梨梨像這樣留在現場。

話說回來，感覺惠小姐的角色性在最近慢慢地變得鮮明，隱形效能卻也進一步提升了，那該不會也算角色性的一種吧？

「旅行才剛開始就吵架，不太妙吧？要不要我居中調解？」

「……麻煩妳別管我們了，我說真的。」

唔哇～聽見這兩個月都靠我居中調解的人講這種話，真的很惱火耶～

不過，英梨梨之所以會是英梨梨，正是因為她如此不識相吧。

「所以呢，你在遊戲製作方面順利嗎？」

「行啦，包在我身上。」

如我所願，英梨梨有一陣子都對我「不管不顧」，等到電車在第一個車站停靠時，她才像是想起來似的，若無其事地朝我拋出這個話題。

「看著吧，英梨梨。這次我一定要親手打造……任誰玩了都會從內心感到小鹿亂撞的美少女遊戲。」

倒不如說，我們兩個大概都曉得。

「……我讀過你寫的青梅竹馬型女主角劇本了喔。」

「……喔。」

彼此之間，現在想問的、想談的，其實是對那份劇本的感想，還有寫那份劇本的目的。

「噯，你寫的那些情節……」

「先聲明，那是虛構的故事喔。」

「……我知道啦。」

沒錯，「那份劇本」就是指我前陣子剛寫好的「金髮雙馬尾青梅竹馬型女主角，澤村．史賓瑟．英梨梨（暫定）」的劇本。

將我的經歷、回憶及創傷……不對，將我的想像、妄想及理想塞進去以後，對個人來說是覺得非常丟臉、非常懷念，而且也非常沉痛的故事。

「對嘛，畢竟像那麼溫柔、誠實、帥氣的男主角，根本不可能存在於現實中。」

「嗯，對啊……像那麼溫柔、正直、可愛的女主角，怎麼可能存在於現實嘛。」

「…………」

「…………」

一篇故事，既然有兩個讀者，會有兩套感受方式也是合情合理。

「會嗎？你寫的那個女主角，有那麼正直嗎？」

「呃，很正直吧？畢竟她在最後肯承認自己的錯，也發自內心向男主角道歉了。」

「咦～可是，那並不是全歸哪一方錯的問題吧？在我看來，只覺得女主角是為了男主角才不得不退讓耶。」

「不，那肯定是錯在女主角吧。不過，要承認那一點並不是任何人都能辦到的事情，所以我會支持她就是了。」

「不不不，沒有那樣的啦，倫也。像那種情況，就叫做先愛先輸。很遺憾，劇本在那部分有陳腔濫調的感覺。」

「……妳想說我寫的劇本陳腔濫調？」

「……你想說我解讀的方式有錯？」

「……唔。」

「……唔。」

話說回來，兩個讀者的兩套解讀可以相反到這種程度，是什麼情形啊……

「英、英梨梨，基本上妳對男主角的解讀也怪怪的！根本不符合我預設的看法！」

「才、才沒有那種事！他總是注視著女主角，一有事情就會挺身袒護，而且總是溫柔地包容她……我覺得男主角簡直像瑟畢斯一樣啊！」

「瑟畢斯？我寫的男主角哪有那麼會做人。我反而是想把他塑造成偽善者啦。」

「你等一下。要是照你說的，那就是在這次作品絕對不能端出來的男主角形象了吧？」

「是啊，所以我沒有讓男主角對外顯露。但他在我的深層設定裡就是那樣的。」

「如果讀者沒讀到深層設定就玩不出樂趣，你寫遊戲劇本的方式壓根就錯了吧！」

「不會，沒有那種事！就算沒有深入解讀也能玩出樂趣，我就是那樣設計的！」

「既然這樣，你又怎麼能怪我沒有深入解讀！」

「妳應該要發覺的啊！其實這個男主角既沒內涵又不帥氣，還根本就沒有原諒女主角，即使如此，他就是喜歡女方，才會拚命壓抑自己，變成丟人現眼的爛傢伙！」

「背地裡有那一面的男主角，任誰都無法融入感情的啦！」

「像那種愛撒謊的女主角，任誰都不會喜歡的吧！」

「…………唔。」

「…………唔。」

……然後，後來有好一陣子，我跟英梨梨都彼此別過臉，始終望著窗外可見的山與海，讓周遭的氣氛嚴重惡化。

出海不斷不知所措地探頭看向我們的座位。

美智留一邊賊笑，一邊也探頭朝我們的座位看了好幾次。

伊織狀似超然地享受著窗外的風景。

詩羽學姊則是一副無法奉陪的樣子，只顧埋頭看書。

至於惠，她只有從我們的座位旁邊經過一次，可是在目光快要跟我交會時，她就像電光石火一般飛快地移開視線，然後匆匆地走回去了。

不過，惠經過旁邊的時候，我有勉強聽見她用非常小聲的音量嘀咕了一句話。

「真是的，到底有多喜歡她啊？」

……對不起，最後一項任務的難度又攀高了耶。

E.坐巡璃（第一女主角）旁邊

「請、請問～可不可以佔用一點時間？」

「…………」

經過東拉西扯，我依然跟英梨梨處於冷戰狀態，電車在行進間通過了好幾個車站。

「呃，那個，能不能請教一下？」

「…………」

當下一站就是目的地時，我終於擠出勇氣逼自己站到那裡。

「請問，方不方便……坐妳旁邊呢～？」

……我們社團的副代表兼軸心人物，加藤惠的眼前。

「……與其說那些，你不陪英梨梨可以嗎？」

「反正不必管我了啦！」

……說起來，光是在今天之內，我就得向幾個人下跪賠罪啊？

「好期待集宿喔～還沒到目的地就接連出狀況～」

「出、出狀況也是旅行的醍醐味啊！先抑後揚也是寫劇本的基礎功夫！」

「啊～這樣喔～」

「……妳那是什麼沒誠意又愛理不理的應聲方式？」

就這樣，從東京出發差不多過了兩小時以後……

我終於獲得坐在惠……不，坐在惠大人旁邊的殊榮了。

……雖然從旁邊傳來的金言仍絲毫不含友善的要素就是了。

「不過～成為社團代表，就會遇到許多事情嘛～」

「說真的，惠，妳饒了我吧。」

「…………」

「……呃，惠小姐。」

「嗯？怎樣？你有叫我嗎？」

這片烏雲，這陣壓力，還有這股絕望感。

莫非這就是惠進入暗黑模式後的本性……？

「呃，我說啊，或許妳也有許多不滿啦，可是好不容易辦集宿，我們可不可以來協議一下？不對，請與我協議好嗎？」

伊織好幾個月以來都在應付這種暗黑模式，事到如今我才知道要讚嘆他的心臟之強。

倒不如說，換成是我絕對連一天都撐不住。

「拜託啦，真的！因為妳是副代表啊。要是妳的心情不好，這個社團就無法維持了！」

「倫也……」

於是，我那恐懼的心理……不，我的誠意似乎總算傳達出去了。

把目光轉向我的惠終於不再冷漠，還將語氣緩和了一點……

「那我們來分享資訊好了，作為代表還有副代表。」

「好、好啊，說得也對……因為伊織出了主意，現在我為了寫集宿的劇情，正在向大家取材……」

「所以，你跟霞之丘學姊發生過什麼？」

「呃，那跟社團內要分享的資訊沒關係吧！」

然而惠似乎一點也沒有放緩追究的意思。

「好吧，確實是沒有關係。」

「就……就是啊？所以沒有必要講吧？」

「是啊，沒什麼必要講。」

「既、既然如此……」

「不過，假如你主動想分享資訊就無妨了吧？」

「咦？」

「假如你想跟我說，主動提出來也沒有任何問題吧？」

「那、那也太……」

「是嗎。」

「…………」

「…………」

「…………」

「…………」

呃，說真的，她真的沒有任何放緩追究的意……

「我懂了，我懂了啦！我全部招出來！我會跟妳說啦！」

「哦，這吹的是什麼風？」

唔哇，難以置信，她居然那樣回我。

「不過這算懺悔喔，我是在告解喔，牧師大人。既然妳要聽，就不能向我問罪喔！」

「唔哇～真不敢相信，你居然那樣回我。」

呃，我說真的……

「呼嗯嗯嗯～」

「……怎樣啦？」

「沒有，沒事啊。呼嗯嗯嗯嗯～」

「噯，夠了！妳很恐怖耶！」

總之，我把自己知道的……應該說經歷過的事全招了。

那個四月，在東京車站跟詩羽學姊發生的事。

在眾目睽睽下……應該說，當著英梨梨眼前發生的，呃，就那件事啦……

「反、反正我已經講了！妳有什麼評語嗎！」

「嗯，看起來，你似乎是沒有說謊。」

「……妳這麼容易就相信了啊。」

「再怎麼說，假如這是假的，你等於開開心心地對我講了按常理而言不可能實現的妄想，做人這樣子會非常丟臉耶。」

「抱歉，我不曉得該怎麼解讀妳剛才的評語。」

聽起來像丟臉的妄想所以信得過……語言這東西會不會太深奧了？

「是喔……這樣啊，原來是這樣。所以英梨梨才……」

「這件事差不多可以就此打住了吧？」

「的確，怪你好像也沒有用。話雖如此，霞之丘學姊也一點都沒錯。」

「就、就是啊就是啊！這不是任何人的錯！」

「嗯，所以說，接下來只要我能接受，這件事就可以結束了。」

「那妳接受了吧？這次真的可以把這個話題結束了吧？」

「…………」

「……惠？」

「呼嗯嗯嗯嗯嗯嗯嗯嗯嗯嗯嗯～」

「噯！妳用的感嘆詞比剛才更長了耶！」

「話又說回來了，我們社團盡是些怪人耶。」

「……來的跟走的都一樣。」

感覺會永遠持續的拷問……不，審問……不，質問時間終於結束。

於是，惠在嘆氣以後，總算露出了笑容……應該說，露出了苦笑。

「無論品味之差，有多缺乏識人眼光，以及不死心的程度都是無可動搖的呢。」

「……恕我不予置評。」

然而，她講話卻好像不得要領，那些話指的是誰，涵蓋了多少部分，都微妙地含糊。

「不過，或許正因為是由那樣子的人來做，才能製作出好東西。或許就是因為用那樣子的人當模特兒，玩遊戲的人才會喜歡這些女主角。」

「……我還是不予置評。」

所以說，在如此不明確的論述條件下，我當然無法做出明確的答覆。

「這些是不是可以全部歸為代表的人望呢？」

「妳最好要有副代表在這陣子也變得頗有影響力的自覺喔。」

結果，我們倆一塊兒露出曖昧的苦笑，而電車就這樣駛入目的地的月台了。

沒錯，社團裡依舊有一個尚未解決的問題……

「要我幫你勸英梨梨嗎？」

「麻煩妳了，惠大人！」

第三章　本系列**最短**的一個章節，**刷新記錄**了

「……呼。」

風從月光照耀著的海上吹來，徐徐拂過臉頰。

總算變得涼快的沙灘上，現在既沒有煙火爆裂的聲響，也沒有人群喧鬧的聲音，只聽得見來來去去的規律海浪聲。

畢竟，現在是凌晨兩點。

草木和社團成員們都已經入睡的三更半夜。

下午，我們一行人抵達當地旅館以後，並沒有立刻換上泳裝到海邊，也沒有在溫室與熱帶植物嬉戲，更沒有去觀賞不會動的鱷魚以及小貓熊，而是嚴謹地舉行遊戲的進度會議，確認明天的行程規劃、吃晚餐、入浴，還有玩我帶來的紙牌遊戲。

天生就是戶外活動派的美智留及最有幹勁的出海到了以後，立刻就主張要著手取材（實則泡海水浴與觀光），然而在過半數的室內活動派操弄政治之下，我們從第一天就決定暫緩積極的活

動。

……應該說，最主要的因素或許是我在搭乘電車移動的過程中，就已經將精神力全數耗盡了。

即使如此，在旅館的榻榻米房間就地躺下；享用準備給客人的茶與茶點；探索旅館內部；到土產店只看不買；大啖晚餐，泡進溫泉當中；跟大伙們熱熱鬧鬧地玩遊戲讓我從中取回了旅行的踏實感，還有對明天的希望，結果反而變得太有精神，睡不著了。

畢竟明天……不，從明天起有三天都能體驗女主角的泳裝劇情事件，包含全部角色，而且是無觸發條件限制的獎勵關卡。

雖然在取材名義下倉促蓋成的那座後宮，並非沒有對我造成壓迫感、壓力、負擔，不過上述字眼的意思幾乎都一樣啦。

就算那樣，在本次劇情中登場的女主角們都有其過人、驚人、動人之處，就算用全力跳進這個坑也不至於後悔。呃，我這是誇獎的意思。

「……回去吧。」

唉，說來說去，都因為我想像了明天起大概會出現的光景（參照刊頭彩頁），靠散步緩和心情與誘發睡意的目的都沒有實現，只好雙眼清醒地轉身背對平緩的波浪。

當我從沒有多廣闊的沙灘朝著馬路往回走，然後爬上在堤坊闢出的混凝土階梯時……

「找到你嘍～少年。」

「咦……？」

我就遇見那個人了。

那個人將背靠在路邊停放的車子上，默默地盯著我這裡。

從街燈照亮的那張臉，那頭長髮，還有對方發出的沙啞嗓音，顯然是名女性。

年紀比我大得多，恐怕近三十歲。

由口氣與態度來判斷，她似乎認得我。

遺憾的是，對於她的身分，我卻毫無印……

「不好意思，我要把你的女朋友們帶回去了。」

「啊……」

……不，我有印象。

儘管我們大概一次都沒有見過面。

可是，在某個時期，我曾經一次又一次地從照片上看到她的模樣，然後，深深地刻劃在我的記憶，我的心，我的感情裡。

我把對方當成即使花上一輩子，都要還以顏色的強大敵人。

沒錯，因為她的名字是……

「紅坂……朱音……」

第四章　討論超過兩小時就沒辦法把內容記到腦子吧

「…………」

「…………」

「…………」

隔著桌子，六隻眼睛針鋒相對。

不，若要更精確地敘述，應該是兩隻眼睛與四隻眼睛針鋒相對。

上座有突然來訪的不速之客。

從出道以來，在超過十年的期間內，幾乎所有作品都火紅熱銷，引領多媒體成功，還積極地提攜後進，在業界建立穩固派系的漫畫家兼原作者。

無論就存在感或身段舉止而言，都可稱為日本首屈一指的怪物級創作者、天才，是既強大又邪惡的存在。

同人社團「rouge en rouge」前代表。

「紅朱企畫」股份有限公司現任董事長，紅坂朱音。

下座則是被她的天才審美眼光選中，幾乎等於強迫招攬到旗下的原畫家與劇本寫手，澤村・史賓瑟・英梨梨和霞之丘詩羽。

預定今年冬季上市的ＲＰＧ大作《寰域編年紀XIII》主要製作班底都聚首於此了，當下的光景對總數聽說高達百萬的粉絲而言，或許是讓人口水直流的一刻。

「噯，伊織。」

「嗯？怎麼樣，倫也同學？」

「為什麼我們男生的房間會被她們佔領啊……」

是的，或許我也會感激這一幕……只要她們不是在大伙兒出外旅行時，聚集到我要睡的旅館房間裡。

「這也無可奈何吧，少年，體諒我們。」

「咦，我要體諒什麼……？」

鬧事元凶（紅坂朱音）如此突然地闖進旅館，把睡在隔壁女生房間的兩個人挖起來帶到我們房間以後，還打算用簡潔了當的一句話將深夜發生的緊急狀況直接帶過。

「倫也同學，那是因為她們接下來要討論的內容，會關係到製作中的商業遊戲機密情報，再說，也不確定要討論到什麼時候才能收尾，為了盡可能不打擾到隔壁房間的女性成員，只好採取最妥當的判斷……」

「等一下，我現在整理一下該吐槽的地方！」

總之，光是隨便一想就有「打擾到我就可以嗎？」、「將機密情報洩漏給我可以嗎？」、「妳剛才隨口說了『不知道什麼時候才能收尾』對吧？」……

還有，為什麼伊織在幫對方說話？

「認命吧，倫也同學。朱音小姐就是那樣的人。」

「你等一下，不管怎麼想，我都沒有理由要認命吧！」

「妳為什麼會突然找上門來……還是在這樣的大半夜裡。起碼先來電通知啊，我應該再三拜託過，希望妳用合乎常識的方式待人吧，紅坂小姐？」

剛起床顯得火冒三丈的詩羽學姊，為了聲援感到困惑的我……雖然肯定不是我解讀的那樣，但她惡狠狠地反咬了理應身為自己雇主的創作界大前輩。

「不，要是在出發前先打電話，或許就會被妳們溜掉不是嗎？」

相對地，身兼雇主及創作泰斗的這一位，面對理應是自己招攬而來的劇本寫手反叛，也同樣給了頗為草率且充滿不信任的反應。

「嗳，等一下，妳那是什麼口氣！霞之丘詩羽跟我不同，她從來就沒有像那樣不守道義！」

「澤村……」

「英、英梨梨……？」

英梨梨奮不顧身地相挺詩羽學姊，那是她們在社團時從未讓我見識過的感人畫面……

「妳們能威風多久呢……啊哈哈哈哈。」

「什……」

然而……看在紅坂朱音眼裡，那些似乎都只是包庇自己人的私情。

難道她們三個人，一直都是用這種調調合力做遊戲？

在氣氛這麼惡劣的工作環境，真的能做出好作品嗎？

……呃，假如有人吐槽：那跟我們社團去年的氣氛半斤八兩吧，我也無法反駁就是了。

「所以呢，妳來幹嘛？這個月要求的進度應該都完成了吧？我把上半身角色圖的線稿全部畫完了，霞之丘詩羽也寫好了所有劇情線的劇本……」

「咦咦咦咦咦咦咦咦咦咦咦咦咦咦不會吧都已經寫好了嗎啊啊啊啊啊啊啊～！」

「…………」

「…………」

「…………」

對於她們三個劍拔弩張又認真的互動，有人用了不該在深夜擾人清寧的大嗓門干擾。

「等、等一下喔，詩羽學姊？妳把所有劇情線的劇本都完稿了？現在就寫好了？」

是的，就是理應與這件事無關的我驚訝地叫出了聲音。

「我有提過吧？我到昨天為止熬了三個晚上。」

「可、可是現在……才七月耶。預定上市的時間是年底對不對？」

「對呀，離上市已經不到半年了。」

「呃，可、可是，詩羽學姊在我們社團製作遊戲的時候，儘管預定年底要完成，也還是拖到十一月……」

而且在那之後，就演變成英梨梨閉關作畫、突然生病、遊戲母片開天窗、冷清的冬COMI、中途拆夥的畢業典禮……

「倫理同學。」

「咦……？」

「多說無益。懂嗎？」

「懂、懂了！」

相關舊屬不長眼的證詞……不，局外人的胡言亂語，讓四隻眼睛都冷冷地看了過來。

「不過，那就是家用遊戲和同人遊戲的差別啊，倫也同學。她們那邊對母片完成的期限會嚴格把關，再說上市前也必須仔細審查。」

當我差點陷入創作者的黑暗面時，伊織就像體育報刊中為人熟知的「老江湖H氏」一樣幫忙做解說。

「可、可是，有的廠商就會隨便弄個測試版，在審查期間也若無其事地繼續研發……」

「……倫也同學。」

「怎、怎樣……？」

「多說無益。懂嗎？」

「連你都這樣！」

然而老江湖Ｈ氏終究和他的稱號一樣是個老江湖，並沒有站在相關舊屬這一邊。

「是這個吧？我已經過目了。」

當我們忙於那些無關緊要的互動時，紅坂朱音打開了帶來的手提箱，然後將裡面裝的成疊文件一股腦地擺到桌上。

「唔、唔哇……」

發出驚愕之聲的不只我，那些東西理應是出自英梨梨和詩羽學姊之手，連她們都為那驚人的分量繃緊臉孔。

薄薄的紙張全部堆積起來，可以輕鬆地超過三十公分厚。

恐怕多達數百張的巨量設計圖稿，再加上張數凌駕於其的劇本列印稿。

……光是聽到有如此可觀的分量，或許會忍不住冒出「這年頭沒人用紙本作業了啦～」或者「這種東西要製成電子檔吧，很浪費耶」之類的想法。

然而，在現場看到這一整疊紙，它以「物體」存在的龐大意義就會滲入骨子裡。

因為存在於那裡的，並不是單純的文章或圖畫。

那些紙，每一張上面都有貼在好幾個地方的大量便箋，讓整疊紙隆起變成扭曲的形狀，傾斜得像是隨時會失去平衡垮下來。

在便條所貼的位置，還用紅筆寫了大量刪改的內容。

有時是總監紅坂朱音長達好幾行的具體指示。

有時是漫畫家紅坂朱音筆下樣式多變的插圖。

有時則是原作者紅坂朱音一整頁重寫的台詞。

……光像這樣聽到這種描述，或許還是有人想吐槽：「作業軟體Word也有標記和註解的功能吧？」

然而，儘管我已經無法解釋，不過這絕對是世上會需要的一疊紙。

在我這種不相干的旁觀者眼裡，那是堆積起來的寶山。

可是對兩名關係者來說，那肯定是寶貴的回饋意見，同時也是對本身的凶猛否定。

「那我們開始吧……首先，從柏木老師的角色設計談起。」

沒錯，接下來要開始的，八成是戰爭。

紅坂朱音會出手痛宰她們，她們倆則要賭命抵抗的……一場聖戰。

※※※

「好，柏木老師的部分談完了……休息十分鐘以後，接下來換霞老師的部分。」

時鐘……即將走到凌晨六點了。

在窗外，太陽當然早就升起，陽光強得彷彿要將屋外萬里無雲的暑氣直接帶進房間裡。

「……唉～～」

「……呼～～」

還有，在那種情況下，從凌晨兩點開始一口氣討論了四個小時才總算（暫時）檢討完的人們

就像失了魂一樣，毫無生氣地癱軟趴到桌上。

「喂，伊織，餐廳快開了吧？我們去喝啤酒，陪我。」

「朱音小姐，請不要這樣邀未成年人，而且還在一大早。」

「喝一杯而已啦。你這傢伙真的從待在社團（rouge en rouge）時就很愛計較小細節耶～」

……除了剛才意氣風發地走出房間的某個人（朱音）以外。

「辛、辛苦了～」

至於我，因為受到行家在現場散發的驚人能量影響，到現在，頂多只能倒茶慰勞英勇奮鬥的兩人。

「唉呦～實在夠累的，簡直就像拷問一樣。」

對於我的呼喚，英梨梨勉強爬起來給了回應，喝下一口茶以後，就嘀嘀咕咕地發起牢騷。

另外，熬了三晚卻在半夜被挖起來的詩羽學姊，則是趴在桌上完全沒反應。

「不過，妳們這樣討論真夠猛的……」

「……先告訴你，她每週都會來一次喔。」

「……我非常能體諒妳的心情。」

「跟紅坂朱音討論工作，真的很令人憂鬱耶。難聽的話飛來飛去，態度又差勁，而且還沒完沒了……截稿一週前還剩三張原畫要完成的心情都比這樣好。」

「就算如此妳也千萬不要這麼做喔。聽好嘍，千萬不要。」

在惠的安排下，我們倆算是趁著昨晚「暫且」和好了，不過，多虧這個突然發生在深夜的劇情事件，看來英梨梨已經完全忘記了心裡對我的疙瘩。

……「唯有」在這層意義上，我只能感謝英梨梨目前的上司。

「話說回來，我們明明有清楚交代過『要去旅行一陣子』，她居然還專程找到我們的目的地，硬要討論工作的事，到底多閒啊？或者她是偏執狂……」

「那個人不可能很閒吧……」

近十年以來，紅坂朱音連載的作品數量含漫畫執筆、原作編劇在內，每個月從不低於五部，而且她幾乎每季都會參與動畫節目的企畫，現在還像這樣著手製作ＲＰＧ巨作。

但是，既然能這樣證明她並不閒，可能屬於後者（偏執狂）的說服力也就提高了，感覺不太好啟齒。

「對了，英梨梨……虧妳可以跟那種在各方面都很了不起的人周旋耶。」

原本就聽過的形象與成就，搭配今天頭一次見識到的態度及言行，讓我在內心篤定，紅坂朱音這個人就是名不虛傳的怪物。

然而，英梨梨面對那樣的大怪物卻毫不退讓，還勇於頂撞對方……就憑她這樣。

「那根本不算周旋啦……畢竟和那傢伙講話，會讓人懷疑自己是不是一點價值都沒有的人。沒錯，比如我甚至會陷入自我厭惡，懷疑自己是不是跟直接轉載別人畫的圖來賺回推或追隨者，還自稱插畫家的人渣一樣……」

「要自我厭惡可以，別搬莫名其妙的例子出來。」

……唉，英梨梨說是那麼說，還是有如此自嘲的膽識。就憑她這樣。

紅坂朱音一次又一次地，對英梨梨的原畫從角色臉孔、身體部位的造型，甚至是服裝與小道具在設定上的出入都予以細細指正、嘲笑還有臭罵，點出的問題直逼三位數。

然而，英梨梨有時候會當場將紅坂朱音點出的疏漏瞬間重畫給她看，有時候則不屈不撓地說明自己畫圖的用意讓對方接受，有時候還會惱羞講出「那是因為妳的眼光無法看清我的圖啊！」這種連神都不怕的狠話。

……呃，雖然最後那句話曾讓我的心臟跟著結凍。

不過，英梨梨靠著有道理（雖然有部分不通）的應對方式，到最後對方點出的問題中有七成都照著英梨梨的意見過關了，讓我有修改處可以盡量縮減的印象。

即使如此，我想那些修正量還是得趕工好幾天。

「倫也，要是你看了會那麼覺得……」

但英梨梨現在的表情終究和我判斷的一樣，與其說有失敗感，她反而是滿懷充實感的。

「大概都是靠我有唯一一項不輸給紅坂朱音的武器吧？」

「妳說的武器是……？」

「就是……在一張圖裡包含的資訊量。」

「什……麼？」

而且，剛才從英梨梨嘴裡冒出了聽似謙虛，其實卻十分高傲自大的勝利宣言。

「嗯，這也是理所當然啦。畢竟對方基本上是漫畫家，如果插畫家在那方面輸給她就什麼都不用比了。」

的確，漫畫家與插畫家所需的能耐，基本上有所不同。

漫畫家需要獨自包辦作畫、劇情、演出和一切，為了相互協調，能力就必須橫跨多方面，也會有為了強調劇情及演出，就刻意降低圖稿完成度的情況。

相較之下，插畫家不僅可以靠單張畫作分勝負，也非得那樣比才行。

以遊戲原畫來說，有些部分最終還是要靠劇情和演出的安排，不過那是總監的工作，插畫家本身不必考慮那些，可以傾注全力在圖像上面。

就算是那樣……

「……妳曉得自己講了多離譜的話嗎？」

「我從開始作畫也經過十年以上了。資歷又沒有輸她多少。」

「不不不不不，妳那樣算有問題！」

因為對方可是「成為泰斗經過十年以上了」。

還有，更重要的是就連她所謂「一張圖裡包含的資訊量」能凌駕於那樣的泰斗作家，在社會上也會被視為屈指可數的才華。

「反正不管你怎麼說，只比單張圖的話，我比她強多了。」

「妳……」

所以說，英梨梨能予以超越……至少，光是擁有超越的自信就已經是了不起的事了。

呃，前提是要有客觀的根據啦。

「要不然，『鼎鼎大名的』紅坂朱音不可能來找根本還沒有商業出道的我吧？」

最恐怖的是，看來那所謂「客觀的根據」似乎是存在的。

畢竟光從她們討論時的隻字片語聽來，「鼎鼎大名的」紅坂朱音也有認同於此的跡象。

儘管在設定層面、表情以及跟故事有關的討論，英梨梨常常會辯輸，並且淚汪汪地被迫修改插圖好幾次。

然而，提到圖本身的精細度或劇情圖像的構圖時，英梨梨就會突然變得強悍、剛烈、任性，且拚命地反咬對手。

而且，紅坂朱音在那種時候就會不多不少地退一步，時而採取尊重英梨梨的態度。

唯有此時，她口中的「柏木老師」聽不出揶揄的味道，感覺是實實在在地稱呼英梨梨為「老師」。

「唉，話雖如此，我還在只要一鬆懈就會立刻被趕過的層級就是了……你看這個！」

英梨梨說完，就把自己畫的角色設定圖上面用紅筆寫的修正指示遞了過來。

「看總監畫出這樣的圖，確實會不舒坦。」

「對吧！……這張圖賣到Ma◯da◯ke（註：二手漫畫周邊店「Mandarake」），你覺得價碼會是多少？」

「……別提了。」

……唉，先把親筆原稿和製作資料歸屬權的問題擱到一邊，在那上面，無疑就是我所認識的「紅坂朱音」的作品。

她完成的作品，每個月都會讓我緊握拳頭，猛搔腦袋，流下眼淚，將思緒徜徉於下回進展，而她就是用保有那種品質的圖，來挑戰英梨梨。

「鼎鼎大名的」紅坂朱音……是認真地在跟英梨梨較量。

「老實說……原本我一直很擔心。」

「擔心什麼？」

「擔心妳會不會被貶得慘兮兮，畫了好幾次都被打回票，遊戲一點也無法完成，然後一把鼻涕一把淚地哇哇大哭啊。」

「哪有可能啊啊啊啊～！」

於是，英梨梨聽了我說的玩笑話，就一如往常地用雙馬尾甩我耳光。

然而在坐著的狀態下，外加身體剛熬夜完，甩出來的頭髮就沒有平時那種迴轉的力道，只是輕柔地拂過我的臉頰。

我對這個曾經熟悉的舉動感到懷念，同時，胸口也因為湧上來的情緒而有些梗塞。

英梨梨果然成長了。

突出得足以將我的想像、預料、期待都一笑置之。

而且，紅坂朱音也認同那樣的英梨梨。

「她們三個」的齒輪，比我想像中更能互相咬合。

因此，我打算像以前一樣，用玩笑話來應付英梨梨果真變得厲害的喜悅，以及彼此距離變得遙遠的落寞。

「不，我真的夢過好幾次喔。」

「咦～你夢到什麼？」

「夢到妳被紅坂朱音欺負，然後叫著『霞、霞之丘詩羽～！』跟詩羽學姊哭訴啊。」

「唔……」

「……英梨梨？」

那一瞬間，英梨梨露出的反應，比我原本所想的更加出乎預料。

沒有再次生氣地用雙馬尾甩耳光，沒有拋來厭惡的輕蔑視線，沒有因為被說中而臉紅，沒有顯露掩飾害羞的傲嬌特質。

「噯，倫、倫也。」

「嗯？」

「其實，我並不想說這種話就是了……」

儘管那只是一絲……一絲絲的變化。

總覺得，她的臉色好像變蒼白了。表情好像僵掉了。

「你最好現在就離開這裡。」

而且，好像也散發著悲傷……

「你最好去餐廳吃早餐，然後跟惠她們會合，換好衣服，到海邊享受後、後宮……唔、嗚嗚嗚嗚，趕、趕、趕、趕快去享受後宮啦！」

「呃，妳不用勉強自己講最後那段吧……」

「反、反正，不管那些了！剩下的事情讓我……讓我們打理，你去主持你們的集宿活動！」

「怎麼了，突然這樣說？」

英梨梨那種忽然僵化的態度，讓我遲疑了。

「呃，那是因為……呃，總之，簡單說就是……」

「……英梨梨？」

然而，要看出英梨梨比我還遲疑是易如反掌，所以，連我都更加糊塗了。

「畢、畢竟……你也不想看到吧？那個……」

「哪個？」

我一面問，一面追尋英梨梨的目光。

於是，我在她的視線前方，看到了掛在牆上的鐘。

快要走到六點十分的那個時鐘，告訴我們這段休息時間將近結束了。

「假如說，你仍然沒有離開這裡的意思……」

英梨梨游移的視線前方，還有一個人……

「那你直到最後，都不能逃避。不要轉開你的目光。」

在那裡的，是為了貪圖區區十分鐘休息而睡得不省人事的女性身影。

「可以的話，你要盡力給予保護。」

「保護……妳是指……？」

「我也會盡我所能，不過……」

「久等了～那我們繼續吧～」

「唔……」

「啊……」

就在英梨梨正要說出下一句話時……

紙門被大聲地拉開以後，伴隨著大嗓門，紅坂朱音拿著整瓶無酒精啤酒往嘴裡灌，並回到房間來。

「接下來要審查劇本。霞老師，麻煩妳了～」

「……嗯。」

她大步走進房間，拍了詩羽學姊的肩膀把人叫醒，然後又開始在桌上攤開文件。

接著，英梨梨就露出了微妙的後悔神色，和紅坂朱音一起著手準備討論。

英梨梨仍把目光朝向我，那看起來也像是被迫要做出某種決心。

可是，我仍然只能靠預感來判斷她的用意……

所以到最後，我什麼覺悟都沒有，卻還是在現場留了下來。

於是，公審……不，下半回合開始了。

在那之前，我什麼都不懂。

其實我以為用錯的詞（公審），根本就沒有錯……

※　※　※

「啊……啊……啊……」

「…………」

我說不出話，只能像呼吸困難一樣反覆喘氣，英梨梨則擔心似的頻頻望向我。

然而，我連回應她的關心都沒有辦法，對於眼前的光景，既無法應付，也無法化解，只能就此承受。

「沒意思～！超沒意思～！妳寫的這是什麼東西，霞老師？」

「唔……妳、妳是指，哪個部分？」

明明首當其衝的人，根本就不是我……

看向時鐘，七點多而已。

從討論重新開始以後，還不到一個小時。

可是，才剛開始的這段時間，對我來說就像永遠。

……彷彿一年又一年地，不斷被人拷問的感覺。

「妳想說……我寫的劇本有那麼沒意思？」

「是啊～簡直垃圾。」

「什……」

「我本來以為到中間為止勉強還能看，才一直忍著。不過，最爛的就是妳這種收尾方式。」

這是第幾次的臭罵了……

「虧妳打算讓玩家看這樣的東西。妳是只想著要趕快跟男人相好，腦子的資源都跑去那邊了吧？是那樣嗎？」

下半回合的討論，從開場就氣氛險惡。

紅坂朱音把一手掌握不住的整疊文件用力砸到桌上，然後逼問詩羽學姊：「妳這是在跟我開玩笑嗎～！」

「唯、唯有在創作這方面，我一次也不曾……敷衍了事……」

「那麼，就單純是妳能力不足了嘛～那樣反而更糟糕耶。」

「不是……不是的……」

而詩羽學姊……

那個理性、厚黑、偏激、喜歡惡作劇，總是從容有餘，會戲弄我跟英梨梨，不過偶爾也會以年長者身分溫柔地給予幫助的女性……

如今，她正面對比自己更年長、更厚黑、更偏激的女性，完全沒辦法回嘴地僵掉了。

「等一下！紅坂朱音，妳有點分寸！她是妳的團隊成員吧！把問題在哪裡說得更清楚一點，理性地互相討論啦！」

……她看起來，變得比英梨梨還無助、渺小及脆弱。

「嗯～其實我很討厭干預寫手負責的領域。畢竟霞老師也有她自己的風格。」

這樣啊……原來是這麼回事嗎……

所以英梨梨才想讓我選擇「離去或予以保護」？

所以伊織才沒有跟紅坂朱音一塊兒回來？

「不過，沒辦法嘍。面對這麼不堪用的寫手，也只能按部就班地從頭教起了嘛。」

「～～唔！」

……因為他們對這樣的地獄，多少都心裡有數了。

「噯，霞老師……妳為什麼會猶豫？為什麼不手起刀落砍了菲爾南德？」

「那是因為……他也有值得同情的理由與歷史……」

「嗯？」

「這次的戰爭，不是單純的領土之爭，也並非單純復仇。我認為我在他與世界為敵的心路歷程中，已經賦予足夠的說服力了。」

「然後呢？」

「所以，當中根本沒有真正的敵人。所有人都沒錯，同時所有人也都錯了……」

詩羽學姊提到的是《寰域編年紀XⅢ》的尾聲……跟最後首領決戰那一段尤其相關的部分。

這款遊戲的最終首領是近百年以前，在主角們的國家受王族支配的時代時，曾經身為貴族兼魔法師的艾爾．菲爾南德卿。

主角等人在調查自己國家之所以遭受敵國、疾病，乃至於天災侵襲的過程中，才得知那位古代大魔法師的陰謀。

辛苦到最後，主角等人總算與他展開最終決戰，這才有所了解。

了解他悲傷的過去。

了解在一百年前，他被那個時代的國王疏遠、背叛，失去了珍愛的妹妹，然後立誓復仇的事件。

最終決戰開打以後……

主角等人使盡力氣打倒菲爾南德卿以後，在逐漸瓦解的城堡裡，朝著正要被世界的扭曲所吞沒的他伸出了援手。

儘管菲爾南德卿曾伸出自己的手，想抓住那伸過來的援手，但到了最後，他卻帶著安詳的笑容把手放下了。

結果，菲爾南德卿就用自身的魔力封住世界的扭曲，成了拯救世界的基礎……

「沒意思～我還是一點也不覺得有趣～」

「為什麼……！」

就是啊，到底為什麼……？

這明明有趣得不得了嘛……

充滿了霞詩子的作風不是嗎……？

「那我要對妳下具體的指示了……把菲爾南德碎屍萬段，拿去餵魔物吧。要不然就讓他確實獲救，永遠過著幸福快樂的日子。」

「妳說的兩種方案都不可能啊……那會讓堆砌起來的劇情從根瓦解。」

是啊，這篇故事已經完成了。

扎實地埋了伏筆，然後仔細用心地建構成形。

這樣的劇本絕對不能打散……

「霞老師，不然就得把妳所謂的『根基』全部打掉重寫。我再等妳兩個星期。」

「妳在開玩笑嗎……？」

「在開玩笑的是毫無根據與自信，就對總監這麼說話的妳吧？」

為什麼這個人一點也無法理解那麼簡單的事情啊……

「其實很可憐的最終首領？在最後一刻改過向善？可是卻救不了他？有點快樂？有點苦澀？有點成熟的結局？哈哈！哈哈哈哈哈～超沒意思的～」

她怎麼可以嘲笑？

成熟的結局哪裡不好？

妳也是大人吧？

「所有內容都不上不下！簡直像不鋒利的剃刀一樣。只會對玩家造成微妙壓力的愚蠢安排，既沒有痛快感也沒有絕望感，真的一無可取！」

能打動玩家感情才叫創作吧？

故事有好好地完成，不是嗎？

有沁入人心的滋味，不是嗎？

「微妙地苦，微妙地狠，微妙地辛酸，還有微妙地甜……你寫的劇本裡只有提味料嘛！妳是瞧不起娛樂作品嗎？」

有那種微妙的苦澀，才像霞詩子的風格啊。

幸福背後有一絲絲悲傷。

悲劇背後有一絲絲希望。

那正是這份劇本的精髓所在，不是嗎……？

「或許啦，搞不好妳是把這種情節當成故事的深度，不過要讓我來講，妳寫的不是深度。這叫做雜味～」

妳講究的單純是個人喜好嘛。

只是內容不合妳的感性啊。

千錯萬錯，都錯在沒有察覺那一點就錄用霞詩子的妳啊……

「假如妳想讓玩家哭，就要使盡刁鑽的手段！要是做不到那一點，改用徹底無味的平淡文字來敘述還比較像樣。」

夠了吧……

「寫出會讓彆扭鬼嗤之以鼻，讓自稱評論家的人們產生排斥反應，筆法平鋪直述，內容囉嗦又老套的劇本啊！」

學姊，妳為什麼不回嘴？

妳怎麼都不發飆？

「寫出會讓七成的人大哭，讓另外三成反感的故事啊！」

吼她啊，詩羽學姊。

還有，我也是……

「我才不需要迎合內行人喜好，讓九成的人都讚嘆的劇本啦～像那種遊戲，妳覺得有多少玩家能跟得上內容？」

對啊，該吼的應該是我。

應該由沒有任何束縛，也不會拖累任何人的我反咬紅坂朱音才對。

「……妳就把菲爾南德當成是我。」

可是，我做不到。

因為我被她近在身邊的熱情擺弄了。

「用妳筆下的角色，超越我的邪惡給我看。」

鼎鼎大名的紅坂朱音認真地在數落人。

「那樣一來，妳就會發自內心將角色撕碎吧？妳就可以笑著將角色大卸八塊吧？」

因為，只要是創作者，還有志在成為創作者的人……

那或許就是不該別開視線，也不該捂住耳朵的神諭。

「或者說，妳願意讓我過得永遠幸福呢？啊哈哈哈哈，啊哈哈哈哈哈～」

縱使那些話裡，蘊藏著腐蝕人心的詛咒。

第五章　這集對**集宿**的描述到此為止，**真的**

從下行電車下車的人們逐漸走下驗票口以後，留在月台的，就只剩我們四個人。

「勉強趕上下一班特快車了呢。」

「……………」

「到家以後請聯絡一聲喔。」

「……………」

「對了，從明天算起的退房費，好像會還我們一半金額的樣子。下次見面時再還給妳們。」

「……………」

「……呃～」

詩羽學姊坐在我旁邊的老舊長椅，默默地望著眼底的大海和溫泉熱氣，她從離開旅館後就一句話都沒說。

另外，惠與英梨梨則是從稍有距離的地方，擔心地盯著我們那副模樣。

結果那場怒濤般的討論，在早上八點就打住了。

然而，那並不是因為與劇本有關的部分都檢視完畢，也定好接下來方針的關係。

決定好的是「下一次討論在兩星期後」這件事。

還有「要修改的地方不予指定」這一點……

換句話說，沒有人具體指示詩羽學姊要改哪裡，只是簡略地吩咐要大幅修正，就把她扔到迷途的汪洋了。

紅坂朱音無情地如此宣布以後，立刻就匆匆忙忙上了車。

難以置信的是，當時她還大方地朝著茫然目送的詩羽學姊問：「要搭便車嗎，霞老師？」

表示紅坂朱音這個人霸道至此，對詩羽學姊也絲毫沒有尷尬的情結。

……此外，她等於對詩羽學姊宣布「假期結束了」。

「……對不起，倫理同學。」

「……為什麼道歉？」

相隔許久，詩羽學姊才開口。

「我害你們的集宿嚴重掃興了……真的對不起。」

「不會，那部分……與其謝我，學姊還不如感謝英梨梨。」

紅坂朱音回去以後，詩羽學姊也立刻開始準備要走，然後就到了服務台。

然而，在打算獨自回去的她面前，有彷彿理所當然地已經先辦好退房的英梨梨捧著行李等著她。

「澤村嘛……不要緊。反正以往都是我在關照她。」

「那就回敬她一句壞話吧。」

「……也對。」

詩羽學姊只講了這些，就再次低下頭閉口不語了。

出遊當天，在東京車站鬧哄哄的那幕景象，居然只是短短二十四小時以前的事，讓人有些難以置信。

詩羽學姊一如往常地嫵媚挑逗人，英梨梨一如往常地淪為可憐蟲，惠一如往常地……不對，她難得墮入黑暗面……

儘管情況跟去年變得有點不同，可是她們與大家的互動只變了一點，讓我既懷念又高興。

可是，難道連那樣的回憶，都已經變成過去而風化了嗎？

「那、那個……我可不可以問學姊一件事？」

「……什麼？」

我鼓起勇氣再一次搭話，詩羽學姊就實實在在地，也略顯遲疑地給了我回應。

「跟紅坂小姐討論……一直都是那樣的嗎？」

「因為那是專業人士在工作的現場，常有的事。我並沒有特別在意。」

「是嗎……這樣啊。」

說是那麼說，詩羽學姊透露出來的逞強情緒卻是如此顯而易見。

在過去，我從來沒有這麼容易就察覺她說謊。

「小說家」霞詩子應該從未受過這麼糟糕的待遇。

從出道作就一直擔任責任編輯的町田小姐，是個一向優先替詩羽學姊著想，也會予以尊重，並全力支持她的人。

雖然我只看過一兩次她們討論工作的景象，但詩羽學姊會鬧脾氣，町田小姐會逗她玩，兩個人也會認真互相商量，建立了情同姊妹的良好關係。

「沒錯，在意也沒有用喔……畢竟，有錯的是我。」

「為什麼？學姊，妳不是說過自己有趕上截稿日……」

「可是，劇本的品質並沒有跟上要求。」

「咦……」

「所以有錯的是我……是缺乏才能的我。」

沒錯，如果是町田小姐，才不會將作家修理到像這樣抱持自卑感的地步……

「嗳，你知道嗎？澤村目前在馬爾茲的工作成員之間，評價越來越高了喔。還有，每次有新視覺圖在電玩雜誌或網頁上刊出，玩家的期待好像就會直線攀高。」

「是、是喔，真猛耶……英梨梨也能這麼厲害啊。」

「可是，我的劇本還沒有得到任何人認同。」

「那、那也是啦。劇本的話，遊戲沒做出來就無法評價。」

「重點不在那裡……現在是連宣傳部門都還沒有看過。因為我過不了紅坂小姐這關。」

「什……」

換成町田小姐，更不會像這樣輕視作家的心血才對……

應該說，那樣不是自取滅亡嗎？

身為總監不該有的行為……就是將創作者的動力磨耗殆盡，紅坂朱音已經跨過那條線了吧？

「我……似乎是被當成只會寫戀愛故事的單本作家。」

「哪有……哪有那種事。」

證據在於，我從來沒看過詩羽學姊這麼軟弱。

「畢竟……畢竟學姊寫的傳奇故事《cherry blessing》有趣到了極點啊。所以學姊寫奇幻戰記類的作品，肯定也會有趣的。」

「……或許，那是在你描繪的故事當中，身為虛構女主角的我。」

「才沒有那種事……！」

「無論寫三角關係、後宮戀愛喜劇、傳奇故事、奇幻世界戰鬥，都能駕輕就熟的天才女高中生作家……」

要說的話，消極性發言比較多這一點並不是學姊現在才有的毛病，但至少她在和自己有關的部分，一向都自信滿滿、有膽識、有傲骨，而且帥氣……

「然而，成為女大學生以後，就原形畢露了……不知道是才華耗盡了呢，或者從一開始就沒有成長的空間……」

因此，學姊厚黑歸厚黑，但正因為那樣，她才一直從深層散發出光芒。

「這樣的我……不配當故事的女主角……根本不配在倫理同學的遊戲裡……擔任女主角。」

「沒有那種事……沒有那種事！」

車站廣播告知上行電車再過不久就要抵達。

逼近的車輛彷彿在廣播引導下，開始出現於視野一隅。

諷刺的是，那一瞬很有故事的味道。

然而，那跟我們所追求的故事有些許不同。

簡直就像男女主角分手的一幕。

「對不起喔，我沒辦法當你心目中的神了。」

雖然我跟詩羽學姊之間，在之前也遇過類似的場景。

雖然每一次我們都可以和好，應該說，都能設法回到原本的關係。

「對不起喔，我沒辦法做個有自信的人了。」

可是，就算那樣，誰也無法保證我們永遠都能回到原狀。

所以，最後在這一刻，至今為止學到的東西都無法派上用場。

該怎麼做才好？該怎麼開口才好？我完全不知道。

「錯的不是學姊，而是不肯認同學姊的紅坂朱音。」

我連這種捧人的空話都說不出口。

因為我深切地明白，那只是託辭。

那只代表「錯的不是我」……

那只是想表達「沒能保護好詩羽學姊，不是我的錯」。

「那麼，再見了……」

電車的門一開，詩羽學姊就頭也不回地立刻搭上車，然後背對我這邊入座。

間隔片刻，英梨梨和惠道別以後，就慢慢追上學姊的腳步，經過我身邊。

「詩羽學姊就麻煩妳了。」

「包在我身上啦。」

儘管和英梨梨交會的話語只有這些，我卻覺得交換到的資訊與情緒，遠比所花的時間及字數還要多。

電車關上門，緩緩地從月台逐漸駛離。

依然背對著我的詩羽學姊，還有英梨梨朝這裡揮手的身影，都慢慢變小而模糊，幾乎無法映入視野。

在我旁邊，有不停朝她們倆揮手的惠。

我還是覺得，那一刻好有故事的味道。

而且，看起來活像悲戀故事在炒作劇情那樣，甚至令人反感。

※　※　※

「到東京車站以後，我們先開個會吧？」

「…………」

「我們兩個一起想辦法，研究讓那傢伙啞口無言的策略，好嗎？」

「…………」

「沒問題的！是妳的話，肯定贏得了那傢伙！」

「……唔。」

「妳會做出……不輸給紅坂朱音那種貨色……也不輸給任何人的故事！」

「唔……啊……」

「啊……」

「嗚啊啊啊……咿啊……」

「…………」

「嗚……嗚……嗚……咿……哇啊啊啊啊！」

「虧妳可以忍到搭上電車呢……讓人難以置信的硬脾氣。」

第六章　這集對**正妻**的描述到此為止，**真的**

「呃～接下來要找『浴衣』……」

房裡的桌上型電腦螢幕中，顯示著大量讓人感嘆『噢噢，厲害、厲害……』的縮圖。

篩選那些圖像，將它們分別放進「海水浴」、「露天浴池」這些名稱可疑的子資料夾裡，就是我今天重要且責任重大的任務。

……在我忙於這些的當下，正是從社團夏季集宿回來以後的隔天下午。

昨晚我拖著遲鈍疲憊的身體回到家就直接倒上床，直到今天中午前都在養精蓄銳，等太陽終於過了天頂時，才像這樣重新開始活動。

「……這個構圖好像能用，先分類好了。」

集宿毫無阻礙地結束了。

呃，把第一天到第二天早上（第三章到第五章）的風波考慮進去，或許也有人不這麼認為，總之沒有阻礙就是沒有阻礙啦。

畢竟從第二天下午開始，我、惠、出海還有美智留，順便加上伊織，都充分地享受了團體旅行的樂……不對，我們都認真投入於社團的集宿活動。

出海畫泳裝劇情原畫需要用的資料，還有我寫溫泉劇情事件需要用的資料（無圖像，僅以文字記述）都有順利弄到手，而且滿載而歸。

出海不只拍了照片，還在當地到處素描畫下親眼看到的景物，連她在那裡買的一起算進去，總共用了七本素描簿。

美智留在烤肉、放煙火、深夜運動（請勿想太多）時都是最忙碌的，即使如此，不知不覺間她仍用音符在五線譜上編出了十首以上的曲子。

伊織嘛……呃，這次集宿要是讓那傢伙暗中活躍，會造成許多問題，因此他一直很收斂，不過為了讓女生們過得舒適，伊織終究還是全心全意地在付出。

惠嘛……呃，她也像往常一樣，活用本身沒刻意低調卻依然不起眼的特質，融入周圍背景，還徹底避免跟伊織起衝突，始終在完全不會看到對方一眼的巧妙工作分配下活動。

至於我……我也十分活躍，玩得十分愉快喔。

在海邊時，女性成員的泳裝就省略不描述了，我積極地投入於海水浴劇情的取材活動。

在沙灘時，我實實在在地讓人埋到沙子，也有參與劈西瓜、打沙灘排球、烤肉、放煙火，還堆了沙堡。

感覺大部分都是美智留幫忙多方善後的就是了。

下海時，我一路游到了近海，也划了橡膠艇，還跟人比賽不帶裝備潛水。

只有溺水後做人工呼吸的劇情太危險（考慮到美智留也是），我就沒有親身實踐了。

除此以外，罕無人跡的岩地，深夜的沙灘，氣氛不錯的竹林……這些倒是沒有，總之適合在美少女遊戲劇情中出現的場景，我也都繞過一遍了。

不過，為了顧及人身安全（雙方都是），我就沒有邀美智留……不對，我沒有邀任何女生一起去取景。

啊，更正。我也沒有邀伊織喔，我一個人去的。

還有，不只是海邊，大家在旅館也一面玩遊戲一面暢談到深夜，在香蕉鱷魚園也聊了關於小貓熊的話題，別說是身為遊戲製作社團的代表，即使以普通社團而言，我也對自己帶活動很有模有樣這一點感到驕傲。

老實說，像這樣只用文字敘述，會覺得根本就是○炮社團而非御宅社團在辦活動，真糟糕。

是的，我們倉促地跑完行程了。

為了迎接年底的冬COMI，為了製作出最好的美少女遊戲，我們度過了最棒的集宿活動。

「……啊。」

正因為跑得倉促，一回頭看見第一天拍的照片，思緒便徜徉於其中。

在那大量的照片資料裡，上鏡率頂多只有一成的金髮雙馬尾和黑長髮的兩個女生。

在這當下，尤其是後者，那個神色自若的黑髮美女（詩羽學姊），更讓我……

「倫也。」

在車站分開後，從英梨梨那裡收到的聯絡，可以知道學姊有平安到家。

不過，後來我傳了好幾通訊息，打了好幾通電話都沒有回應。

「……倫也？」

像這樣聯絡不上，會讓我有許多困擾。

因為要是不更新關於學姊的最新資訊，我無論如何都會想起她最近一次顯露的表情與聲音。

『對不起喔，我沒辦法當你心目中的神了。』

『對不起喔，我沒辦法做個有自信的人了。』

那個我所不認識的詩羽學姊，會用嬌柔脆弱的悲劇女主角形象，覆蓋我對她的印象……

「……嘿。」

「咕哇啊啊啊啊啊啊啊啊啊啊啊～～！」

……當我讓思緒徜徉於三天前發生的事情時，頸根就突然遭受熱辣辣的劇痛侵襲。

「啊，抱歉，因為那快要掉了，讓我很在意。」

「加藤～～～～～！…………惠。」

劇痛使我一邊流淚一邊回頭，惠就站在我眼前。

……她的右手手指上，還抓著一塊邊長大約三公分的四方形黑皮膚。

「所以我才勸你塗防曬油啊。現在你洗澡都痛不欲生吧。」

「既然妳會擔心我，突然把皮剝掉也太犯規了吧！」

惠淡定地撕掉我的皮，鑑賞了尺寸一陣子，然後若無其事地扔進垃圾桶，接著一如往常地從櫃子裡拿出筆記型電腦，理所當然似的將其啟動。

「話……話說妳為什麼會突然站到我背後？我不記得自己有把妳養成這麼會隱形的孩子。雖然是妳自己培養出來的。」

「這個嘛，因為寄了郵件也沒有回應，我只好按門鈴請伯母幫忙開門；敲門以後也還是沒反應，我只好說聲『打擾了～』才進房間；感覺怎麼想都是站在你的正後方叫了兩次的我有錯呢，對不起。」

「……希望妳至少別對皮出手。至少讓我主張這一點。」

順帶一提，惠似乎靠著防曬油而完全免於像我這樣的慘狀，看來好像不可能報復回去。

……話雖如此，要擋住所有紫外線似乎還是有困難，在無袖上衣底下的肩膀到頸根，曬痕仍然隱約可見，看起來好誘人……不對，看起來好痛。

「所以怎麼了嗎？我今天應該沒有召集大家過來啊。」

雖然說有人突然上門，但因為來者是惠，我並沒有特別緊張或困惑，就從房間角落的超商購物袋拿了瓶裝茶和零食擺到桌上，非常非常輕鬆地詢問她來訪的目的。

「嗯，因為有許多事情要商量啊。」

惠也顯得沒有特別緊張或覺悟的樣子，一面以茶配爆米花，一面非常非常隨便地講出來訪的目的。

「……還有，這是溫的耶，倫也。」

「有意見就自己去拿冰塊。」

而且，她還不忘順便提及我放在房間的飲料溫度。

「話說回來，對喔，離夏COMI不到一個月了。」

從惠說的「有事要商量」這句話，我立刻就全盤領會她來的目的了。

其實，我們「blessing software」在下個月的夏COMI報了攤位。

籌備中的新作品是訂在冬COMI推出，因此我們並沒有安排要賣遊戲。

然而，新製作人（伊織）為了宣傳冬天要出的新作，已經訂下在這次夏COMI盛大起步的方針。

照集宿時聽到的講法，他似乎會拉「icy tail」（美智留她們）的成員們製作宣傳影片，還會叫原畫家（出海）準備類

似設定資料集的影印本，全心全意地在進行準備。

「不過，那部分全都交給伊織在辦，找我商量也起不了太大的作用喔。」

何況現在佔據我腦子裡的，並不是夏COMI的事情。

不，身為代表，原本並不應該有比社團更在意的事才對。身為高三學生該在意的姑且不提。

「不是，我要談的不是那方面……」

接著，惠就用之前一直抱怨的溫茶潤了潤喉嚨，還露出最近學到的「看透一切」的表情，惡作劇似的望了過來……

「我是來商量要怎麼迎接兩週後的截稿日。」

而且，她還在此時露了一手最近學到的致命攻擊。

「妳……妳妳妳妳指的是什麼呢～？」

「就是啊，我在指什麼呢？」

「唔……」

此外，這種攻擊無法迴避。

連帶也不能虛應，不能託辭。

惠那種眼神，已經徹底逼出了我心裡的想法。

「……她們那邊的截稿日，跟我們社團沒有關係吧。」

「是啊。」

所以，就算主詞（詩羽學姊）有所省略也完全能溝通。

「那是從我們社團離開的人，所要解決的問題。」

「……是啊。」

「那是比我們走在更前面的人，所要解決的問題。」

「所以呢，你打算怎麼解決，倫也？」

「嗳，妳有聽進去嗎？妳有聽我講話嗎！」

這該怎麼說才好呢……？

像這樣，讓我強烈感受到被人用往常套路設計的感覺，還有對話的走向……

「事到如今，也不用多提了吧？只要是我們社團的成員，每個人都曉得喔。」

「曉得什麼啦……？」

「曉得我們的代表（倫也）對舊成員（英梨梨和詩羽學姊）疼愛有加，而且軟弱到不行。」

「唔……」

「基本上，你在集宿時為了霞之丘學姊的事消沉到那樣，還覺得不會被發現才奇怪呢。」

「……我有那麼消沉？」

「嗯，像你送霞之丘學姊離開時就有夠窩囊的。」

「…………我有那麼窩囊？」

「嗯，跟你上個月借我那款美少女遊戲的男主角有得比喔。」

「那樣太慘了吧！居然像他那樣喔！窩囊到那種程度的男主角不好找耶！」

另外，按照往例，我不會提那款遊戲的名稱。絕對不提。

「總之呢。」

「啊……」

惠的「看穿一切」攻勢逼到我面前了。

而且，那不只是物理方面的距離……

「不用說藉口和賭氣話了喔……畢竟在寫出英梨梨的劇情時，我就習慣你的背叛了。」

「原來那算背叛嗎？我有背叛妳嗎！」

不過，正因為如此接近，當中也隱含著她會忽然拿刀捅過來的恐怖之處。

「所以我們一起想辦法吧？」

要是她將刀子插到我身上，還溫柔地直接包容我，那……

「該怎麼做，才能讓霞之丘學姊再度振作，才能讓她取回自信呢？還有該怎麼做……才能讓她戲弄你，並笑出來呢？」

「……我希望趁這個機會，請她對最後一點有所節制就是了。」

「所以嘍，你快思考吧。限制時間三十秒。」

「喂，太短了吧。」

「畢竟，其實你都明白自己該做什麼，自己想做什麼吧？可是你進入最拿手的窩囊廢模式之後，一直只會對陷入煩惱的自己自我陶醉吧？」

「喂，太狠了吧。」

「還剩二十秒。」

「惠，妳等一下……」

「還剩十秒。」

「喂，太快了吧！」

我說真的，這傢伙簡直……

※　※　※

詩羽學姊在旅行開始時這麼說過。

她要求我，把她也寫成女主角。
學姊確實說過，要我把她寫成女主角，就像英梨梨那樣。

然而，學姊在旅行時，卻這麼改口了。
她說，自己沒有那種資格。
學姊被紅坂朱音痛宰以後，失去了特質，於是就如此改口了。

也就是說，既然如此，若要讓學姊復活……
不，當然那非得靠她自己才能成功就是了。
不過，為了促成那一點，我起碼該幫忙的事情是……

『你應該，去寫劇本。』

沒錯，意想不到的是，詩羽學姊在之前（第九集）就說過了啊。
……噯，結果還是那套喔？跟往常一樣？來來去去還是同一套？

不過，不過呢……

那個神〇病（紅坂朱音）也說過，要貫徹最強的老套啊……

儘管我對於那個女人的態度實在難以苟同。

不過，她所表露出的，一小部分的核心信念……其實，深深地扎進了我的心裡。

※※※

「我無論如何都要讓詩羽學姊復活。」

「嗯。」

我不曉得現在剛好是十秒鐘以後，或者過了更久。

即使如此，在我再次開口以前，惠似乎一直都默默地等著。

「我希望《寰域編年紀》的新故事，能在業界一鳴驚人。」

「嗯。」

「為此，我會做任何辦得到的事情。」

「在能力範圍內盡力，對不對？」

「……不過，我這樣行嗎？明明是社團代表，明明有自己的作品要顧，這樣真的可以嗎？」

「……所以嘍，你要寫的是自己作品的劇本吧？學姊型女主角，霞之丘詩羽（暫定）的劇情。」

果然，這單純是在對答案。

這是在狠狠地挖苦明知道答案，卻躊躇於採取行動而陷入窩囊廢模式的我。

「抱歉，惠。」

「咦？呃……好啦。」

或許傳達不了。

應該說，或許連相信能傳達出去的可能性，都是種傲慢。

「哈哈……」

「…………」

即使如此，我還是要描寫詩羽學姊（暫定）這個角色給她看。

我會完美地描寫出既天才又邪惡，而且病嬌的黑長髮女主角給她看。

「啊哈哈，啊哈哈哈哈……」

最強的厚黑角色，老愛開黃腔，讓人搞不清楚哪些是認真，哪些是說謊。

總是一臉想睡的樣子，基本上都沒有幹勁，因為才能不高不低而小看人生。

「哈……哈哈……哈……」

「……啊。」

可是……她卻是我……不，她卻是男主角憧憬的對象、師父還有女神。

又堅強，又高潔，又尊貴。

無論發生什麼事都不會挫折，不會倒下，絕對不說喪氣話。

「唔……嗚……」

「…………」

沒錯，她不可以輸。

她非得隨時用十分從容的笑容，傲視這個世界才可以。

所以，趁現在，趁著這一次，我一定要保護學……

「倫也，我跟你說。」

「咦……？」

「你要想著她哭的話，

只能在我面前喔。」

第七章　有**同人眼**，留著吧

劇情事件編號：詩羽??
種類：選擇式劇情事件
條件：發生日未定，於選擇詩羽之際發生
概要：回想與詩羽「真正認識」的過程

〈畫面轉暗〉

那是在我進入〈學園〉就讀沒多久的時候。

我沒什麼特別理由就經過書店，並且被封面吸引而拿起一本書，毫無期待地讀了起來。

像那樣，只能說是用來打發時間的一本戀愛小說，劇烈地改變了我新展開的校園生活。

那是讓我廢寢忘食，一再重讀，一再流淚，甚至影響到學業，可以說具有魔力的輕小說。

書名叫《戀愛節拍器》。

還有，作者名叫霞詩子……

〈配樂：書店辦活動的攤位〉

〈音效：客人的喧鬧聲〉

【主角】「太令人感激了，霞老師！我對《戀愛節拍器》迷得不得了！」

像那樣，與命運之書相會後過了半年……

我如願以償地跟命運之人相見了。

【主角】「像第一集我就讀了二十次以上，每星期重讀還是會哭……直人在第六章為了沙由佳努力的部分太打動我了……可是他們微妙地錯過彼此的部分又讓我好著急！」

有消息宣布，從家裡搭電車約一小時可以到的地方，有書店要舉辦她的簽名會。

除了用全力取得排隊券以外，我已經別無選擇。

【主角】「老實說，起初沙由佳讓我無法產生共鳴，感覺她的想法也有一些地方讓我不太能接受。」

我因為緊張與感激，講話變得不靈光，而她……霞詩子老師則是保持沉默，溫柔親切地望著我。

【主角】「可是讀過五次左右以後，我又覺得合情合理了，應該說……她就是有過那種心路歷程的人物。」

……什麼？我的旁白敘述跟剛才出現的場景有許多矛盾？

囉嗦耶，我就是覺得自己講話變得不靈光啊，有什麼辦法。

【主角】「反覆重讀好幾次就會有許多發現呢。或許只是我閱讀能力不足啦，可是我覺得內容好有深度。」

【詩羽】「你……」

不過，先不管那些，霞老師看著我一會兒後，就帶著微妙的表情，講出了原本不應該在這時說出口的話。

【主角】「什麼？」

【詩羽】「你是〈學園〉的……〈主角〉同學？」

她叫了……我的名字。

【主角】「咦？妳是……二年級的霞之丘詩羽？」

【詩羽】「學弟，你稱呼我要加『學姊』才行。」

※　※　※

就這樣，我開始動工了……

「blessing software」新作《不起眼女主角培育法（暫定）》，第二位女主角的劇情。為霞之丘詩羽（暫定）的劇情線執筆。

相較於上次寫澤村英梨梨（暫定）的劇情線，這次編寫劇情的手法有稍微改變。

我是從遊戲劇情開始的一年前，同時，也是在遊戲進行到途中才會揭露的回想場景寫起，跟上次按照遊戲進行順序來製作的方式不一樣。

這是因為詩羽學姊她……不對，這次的女主角詩羽學姊（暫定）是從遊戲初次登場時，就會若有所指地提到跟男主角之間那些往事的女主角。

因此，我認為自己擔任寫手，要是沒有先在心裡編好主角跟她的過去，就無法將那些若有所指的台詞寫出分量。

還有，在這段回想場景……也就是詩羽學姊實質上頭一次出現的場景中，製作方想對玩家提示的內容如下。

首先，這個女主角其實有身為學生，卻又擔任輕小說作家的另一面。

那在美少女遊戲中算不上多稀奇的設定，一般都會被吐槽成牽強的安排或外掛女主角……但是偏偏這部分並非虛構，我也無可奈何～

還有一點就是……她是男主角崇拜的對象。

男主角從一開始就對她抱有特殊感情。

不過，那是否屬於戀愛的感情，在這裡還不會揭曉，要留給玩家想像的空間。

……然而，即使被問到「所以實際上呢？」寫手本身對這個時間點的事情也不太明瞭就是了。

話說回來……動筆寫這段開頭，輕快到連我自己都訝異。

畢竟，這段期間的記憶……不對，這段劇情大綱已完全銘記在腦海裡。

不是想忘就能忘掉的事情。

我甚至可以肯定，自己絕對會帶著這些回憶進墳墓，其存在感在我心裡應該就是如此龐大。

不過，這部分還只是暖身運動。
因為還不太需要踏入女主角那邊的心境。
只要淡淡地將發生的事情、講過的話，都記述下來就行了。
沒錯，因為這個「說謊的女主角」在現階段還沒有說謊……

※　※　※

劇情事件編號：詩羽??
種類：選擇式劇情事件
條件：發生日未定，於選擇詩羽之際發生
概要：回想與詩羽第一次斷絕往來的場面

〈畫面轉暗〉

於是，那一刻忽然來臨了……

至今所累積起來的關係，一次就應聲瓦解的那天。

那天，從早上就天色陰霾……

然後，像是看準了那個瞬間，天空開始飄起雪……

〈配樂：站前公園〉

〈下雪的演出效果〉

【主角】「這種東西，我不能讀……」

我再一次，將詩羽學姊遞來的那只信封袋，推回到她的胸前。

【詩羽】「為什麼？〈主角〉，你總是在說『想趕快讀到』不是嗎？」

然而，詩羽學姊似乎對我這種「理所當然的行為」完全無法理解，還帶著難以置信的表情凝視我的臉。

【主角】「我才想問學姊，為什麼打算只讓我一個人先讀？這明明是最後一集。」

她遞給我的，是《戀愛節拍器》最後一集的原稿。

還沒有陳列到書店……不，何止如此，那是接下來應該要進行校稿，加上插圖，加以宣傳、印刷，在時機成熟後才送到讀者手中的鑽石原石。

【詩羽】「我想知道這是不是你想要的……包括這樣的結局，主角做出的決斷，還有女主角們的將來。」

【主角】「所以說，為什麼要這樣做？」

【詩羽】「因為……結局或許會因此而改變……」

【主角】「別、別說得那麼沒有自信啦……」

她居然想把那塊原石交給我裁切。

【詩羽】「就算那樣，我還是想聽意見……我想知道你的感想。」

【主角】「我想知道霞詩子會做什麼取捨。我才不希望故事結局照著我的想法走。」

身為創作者，那不就是拋棄責任嗎……？

難道那不是背叛了書迷的期待、信賴和信奉的行為嗎？

在我心裡，有怒火湧上。

同時，也湧上了比那更深的悲傷。

【詩羽】「〈主角〉同學，我再問你一次喔。最後一集的原稿，你不肯讀嗎？」

【主角】「我拒絕。」

所以，我忍住快要哭出來的表情，並且擺出決定依循內心正義的表情給她看。

【主角】「我無法對這部作品負責。」

【詩羽】「為什麼？」

接著，她直接在臉上露出了我所隱藏的表情。

【詩羽】「你什麼話都不肯說？」

【主角】「不說妳就不懂嗎！」

所以我就……

用應該藏起來的心意破口大罵。

【主角】「那當然是因為……我對這部作品迷得不得了啊！」

一陣風吹來，使她烏亮的長髮翩然飄起。

可是，我現在已經想不起她當時的表情了。

※　※　※

「啊哇哇哇哇哇哇……！」

在我寫完那段場景，然後按了換行鍵的下個瞬間……

我就用全速全力把臉背向螢幕，直接鑽進後面的床鋪，把臉埋入枕頭裡鬼叫。

我對於自己……不，對於男主角的過度青澀以及不長眼……

再加上，這一幕隨時要從體內直衝而出的胃痛感，都讓人忍受不住。

「男主角爛到沒話說……」

呃，儘管這是我實際做過……不對，實際寫出來的情節，即使如此，現在試著一想，感覺這根本是被她痛恨、無法得到她原諒也怨不得人的行為……不，是描述。

然而……

「因為這是事實，沒有辦法啊……」

沒錯，當時我心裡湧上的情緒並無虛假。

或許那是因為看得太過表面，才會不講道理地生氣。

或許只要看到所有事實，就會有不一樣的感受方式，以及不同的說詞。

不過，這個故事的男主角就是那樣子。

他既不是看透一切的神，也不是懂得對女主角體貼入微的帥哥。

他只是個高中生，是個比較容易鑽牛角尖，然而並不會說謊的普通男生。

那樣的男生，我還勉強寫得出來。

重頭戲在後面……

「接下來……女方怎麼辦呢？」

要寫這篇故事就迴避不了，對我來說卻是最難的環節。

我必須揭穿撒謊女主角所說的謊言。

當時，她想的是什麼呢？

對男主角有恨，應該是確切無誤的。

誓不原諒男主角，應該是肯定的。

……然而，她為何要那麼做？

為什麼要牽起讓男主角擺出那種態度的導火線？

現在的我，並沒有確實的答案。

假如可以問女主角（詩羽學姊），她八成也不願回答。

而且，即使她萬一回答了，我也沒有能力判斷那是真是假。

既然如此，那該怎麼辦？那還用問嗎……

「來安排……深層設定吧。」

問題不在於我有沒有能力、設定合不合理，這件事就是得做……

我要靠寫手的妄想，來描寫從男主角的觀點並無法了解，也讓我一頭霧水的「詩羽學姊的真心」。

話裡有太多虛假，舉動有太多虛飾，無法盡撤心防的女主角，其內心的想法得靠噁心阿宅用滿滿的幻想創造出來。

或許，那會和她的真心有所出入。

不，十之八九會不一樣才對。

或許，那也會偏離於原本最具參考性的……霞詩子作品的角色思考邏輯。

但這是美少女遊戲。
當中有純愛，有喜劇，有萌點。
對主角來說事事都順心，如意又痛快。
它是如此一款屬於我的……美少女遊戲。

※　※　※

■霞之丘詩羽（暫定）深層設定：
・她在遊戲開始的時間點，就已經喜歡男主角了。
・她喜歡男主角的理由，是因為他是自己的頭號書迷。
・男主角覺得能和作家本人聊《戀愛節拍器》，是無可取代的時光。
然而，女方也覺得和頭號書迷談那些的時光是無可取代的。
・她想讓男主角比任何人都先看《戀愛節拍器》最後一集的原稿，
原因是為了對男主角表達自己的情意。
換言之，就是告白。
・她想讓小說第二集出現的「真唯」走向幸福結局，藉此告訴男主角「晚相識的男女主角成了一對，即使故事裡感受不到雙方的相處歷史與因緣，只要角色間的感情夠深，就可以成為真正的故事」這個道理。

・她想告訴男主角，可以拋下青梅竹馬型女主角或跟他有命運性邂逅的第一女主角，改為選擇她。

※　※　※

「……寫出來了。」

當我帶著嘆息看向時鐘，就發現短針不知不覺中轉了九十度，配合那個改變，外頭的太陽也在不知不覺中消失了。

這麼短的設定。區區幾百個字。遊戲裡完全不會用到的文章，我花了多少時間在上面啊？用文字量來換算，花的時間絕對比前面寫的劇情多幾十倍。

可是……

「我寫出來了……！」

超越效率的謎樣滿足感包裹著我。

畢竟，這就是霞之丘詩羽（暫定）的行動原理。

這是她的人生藍本。

對她來說，這是唯一的真相。

……不過，是僅限於遊戲裡的劇情就是了。

冷靜一看，這些毫不保留的妄想，幾乎噁心到讓我又想在床上打滾。

不過，在我的作品裡面，她就是本著這樣的真相說謊，時而吐露真心。

根基沒打穩，角色就會走樣。

連撒謊女主角的真相，都會變得虛假。

「詩、詩羽學姊從一開始……就對我……不，就對男主角有好感……！」

因此，我反覆將這短短的深層設定，定型在腦海裡。

為了不讓她接下來的故事偏離這個真相……

※　※　※

隨後，我又找回寫作的步調，故事繼續進行。

男主角意外和詩羽的責任編輯町田認識後，居然就以兼職的形式，受命擔任她下一部作品的責任編輯。

男主角和她的距離，一舉變得比以前更近。

有時和以往一樣，被她的隨興、低級趣味、偏激的言行擺弄。

有時和以往不同，為她純情的反應、毫無防備的睡臉、無邪的笑容感到心動。

後來，他們又重複了跟以前一樣的錯誤，再次意見相左。

不過這一次，男主角肯定會與她互相拋出所有的想法，讓關係逐漸變得比過去更緊密。

……不過，有消息指出，這部分的劇情都刊登在此處（外傳漫畫《戀愛節拍器》）以外的地方，還望各位另行參照。

※　※　※

劇情事件編號：詩羽03

種類：個別劇情事件

條件：詩羽劇情線前半

概要：和詩羽成為一對

〈畫面轉暗〉

○月×日。

那是個特別的日子。

霞詩子的新系列作品《純情百帕》順利發行了。

新刊更是在鋪貨到店面的頭一天，就被瞬間掃光。

而且編輯部接到營業人員緊急聯絡以後，便火速決定將初版的印製量翻倍再刷。

收到再刷的聯絡時，我正在自己的房間準備派對。

我早就料到會達成如此壯舉……派對也有一小部分是為此而準備的。

不過，那有九成以上純屬巧合。

我真正的目的，在於慶祝更加重要的事情。

那就是……詩羽學姊的生日。

〈配樂：主角的房間〉

【詩羽】「〈主角〉同學……」

【主角】「怎、怎麼了……？」

如此值得紀念的日子，在喜氣洋洋的派對席上……雖然說只有兩個人。

那暫且不提，當我出聲喊乾杯的下個瞬間……

不知道為什麼，我就被她推倒了。

【主角】「請、請問……這到底是？」

【詩羽】「你想嘛，因為……我在今天，變成十八歲了啊……」

【主角】「那、那就……恭喜學姊了。」

【詩羽】「我已經……不是未成年人了喔。」

詩羽學姊一面妖豔地微笑，一面用沒壓倒我的左手拿香檳杯，將杯中的液體倒進嘴裡含著。

【主角】「呃，十八歲還不能喝酒啦。那是二十歲以後才能碰的！」

【詩羽】「哼啊（是啊）。」

【主角】「嗯嗯嗯嗯！」

於是她對我發自內心的忠告點了點頭……

接著，卻進一步跨到我身上，把含著飲料的嘴巴湊過來。

【詩羽】「嗯……嗯……唔嗯……」

【主角】「噯！詩、詩羽學……唔、唔嗯！」

【詩羽】「……你看，這不是酒吧。只是碳酸飲料喔。」

詩羽學姊從雙唇注入我喉嚨裡的液體，確實沒有酒類特有的扎舌刺激感。

【主角】「呼……呼嗯……啊……啊啊……」

然而，喝下那些的我，卻像有濃烈酒精一口氣流遍全身般，全身都發熱變燙了。

【詩羽】「這樣並不會被問罪吧？」

【主角】「既、既然如此，和學姊滿十八歲也沒有什麼關係吧！」

【詩羽】「不對，我等到滿十八歲，是為了這之後的事喔。」

【主角】「妳、妳是指……？」

【詩羽】「畢竟做了這種事情，在結束以前肯定是停不了的……」

【主角】「做、做什麼……？」

【詩羽】「所以，才要一直忍到今天啊……滿十八歲以後，我這邊就解除限制了。」

【主角】「詩、詩羽學姊……！」

然後下一秒……

詩羽學姊的重量還有柔軟，一口氣朝我壓了過來。

※　※　※

「啊哇哇哇哇哇哇哇哇哇～～……！」

在我寫完那段場景，然後按了換行鍵的下個瞬間……以下省略。

應該說，雖然這出於我自己的手，可是沒有人這樣的啦～

寫成這樣，詩羽學姊簡直就是個色女……不，肉食慾女……不，多情女子……算了，斟酌合適的比喻這件事先擺一邊。

總之，這段劇情不太妙。

故事照這樣走下去，會無法維持在普遍級的尺度。

就算從相關人士口中得到「你把角色特徵掌握得很好」這種正面的意見，我還是不能直接放劇情過關。

「這必須重寫……」

所以說，我為了拚命克制自己失控的那支「筆」，就在沖完冷水澡鎮定下來後，力求完善地再次坐到電腦前。

第二稿，開始。

※　※　※

〈配樂：主角的房間〉

【主角】「詩羽學姊……」

【詩羽】「那、那、那個……」

如此值得紀念的日子，在喜氣洋洋的派對席上……雖然說只有兩個人。

不管那些了，我在出聲喊乾杯的同時，將學姊推倒在沙發上，奪走了她的唇。

【主角】「怎麼了嗎？妳愣住了耶。」

【詩羽】「呃，我完全沒有想到……你會採取主動，該怎麼說呢……」

學姊的反應，是我完全沒有預料過的。

使勁反抗，或者從容接納，我原本以為會是這其中一種。

【主角】「妳怎麼會那樣覺得？為什麼如此斷定？」

【詩羽】「〈主角〉同學……」

然而現在的她，先是害羞似的轉開目光，卻又像在窺視般不時瞥眼望過來。

總覺得，她好像對這種事完全不習慣，對男人更是毫無免疫力。

【主角】「妳一直用這種毫無戒心的模樣和態度戲弄人……還覺得我什麼感覺都沒有，妳是認真的嗎？」

【詩羽】「有一點……我在想，你說不定對我沒興趣。」

而且，即使如此，她還是一點也不排斥的樣子……

【主角】「畢竟我是兼職編輯，總不能染指自己帶的作家。」

【詩羽】「你怕丟了負責帶領我的編輯工作？」

【主角】「怕啊！因為我做得很開心。和學姊一起催生作品實在太棒了。」

我做了這種事情，卻講出如此孩子氣的理論，使得詩羽學姊的表情總算放鬆了一點。

還有，她的表情終究還是像平時一樣……不對，應該說比平時更可愛了。

【詩羽】「……我是很麻煩的喔。」

【主角】「我曉得。」

【詩羽】「嫉妒心重，根性又陰沉，自尊心卻很高，還是個處○。」

【主角】「棒呆了。」

【詩羽】「那麼，讓我們一起創造吧，編輯先生？創造任何人都不能介入，只屬於我們倆的愛情故事……」

【主角】「嗯……」

接著，詩羽學姊就……

帶著幸福至極的表情，毫不猶豫地閉上了眼。

※　※　※

「啊哇哇哇哇哇哇哇哇哇哇哇哇哇哇哇哇哇哇哇～～……！」

在我寫完那段場景後以下略。

倒不如說，這次不妙的是我……不，是男主角。這個愛撒嬌兼耍自戀的霸道枕邊人是怎樣？

什麼「棒呆了」，噁心死了啦，這個呆呆星人！

話說這個女主角的告白場景，為什麼劇情怎麼寫都一定會從推倒開始演啊？

唉，那碼歸那碼……

「……嗯，就用這個版本好了。」

男主角姑且不提，女主角應該寫得非常可愛，我對這點有信心。男主角姑且不提。

實際上，光擷取女主角的台詞來看，我的腦袋就萌到快「啊哇哇哇哇」地沸騰了。

先不管那有沒有抓到角色的特徵……應該說，我根本不知道「那個人」陷入這種情境時，會採取什麼樣的動作。

因此，我把腦子裡想像得到的可愛、堅毅和純真都盡量塞進去，感覺就勉強完成了。

要怎麼評價這個角色，剩下的都交給玩家吧。

就這樣，這段劇情在第二稿就可喜可賀地敲定了。用這篇文章來覆蓋初稿的檔案……

「……等等喔。」

我在「儲存檔案」之前，又選了一次「復原」，看過由大姊姊來引導的初稿劇情以後……

「……果然，這有這的好。」

我決定將這段劇情流用於第二次床戲……不對，恩愛場景上面。

雖然有許多地方還留著危險的台詞，不過那部分要靠倫理同學……不，是試著跟倫理機構對抗吧。

※　※　※

之後，我又加了幾個恩愛場景，接著故事便不免俗地迎接急轉直下的局面。

編輯部大幅改組，以往一直扶持我和詩羽學姊的町田小姐遭到人事變動（純屬遊戲情節），新就任的女性總編輯成了我的直屬上司。

然而，據說新總編是位響叮噹的厲害人物，同時更有著「新人作家殺手」的名號，傳聞其行事風格非常極端……似曾相識的發展。

接下來，總編輯的角色造型及台詞，我幾乎都是在有範本的狀況下進行描寫。

換句話說，她的挫折幾乎完完整整地成了這款遊戲在後半的主題。

……寫那段辛酸情節時，我好幾次停下手，被想要放聲大吼的衝動所左右，反覆將文字刪了又打，刪了又打。

明明我曉得所有情節。明明我記得每一字每一句。

然而當我把那些寫進故事裡的時候，卻非得擠出寥寥無幾的勇氣。

因為，詩羽學姊當時那種結凍般的表情、失去氣力的眼神、說不出話的唇，都從我的記憶中閃過，沒有將所有資訊交付於我，而是將我的動力連根拔起。

即使如此，彷彿沒有不會結束的夜晚，那段沉重的文章終於也迎向結局。

故事來到詩羽學姊……霞詩子理應要做出決斷的最後場面。

可是，我的手在這裡再一次頓住了。

男主角正準備告訴女主角，我想傳達給詩羽學姊的想法，故事就停在這一刻……

之前一直為了編劇而全力運作的腦袋，終於過熱失靈，放棄思考接下來的發展。

就算想小睡片刻轉換心情，借助咖啡因與能量飲料提高的專注力還是遲遲無法平息。

我花了一整天反覆淺寐，腦袋才終於恢復運作，下定決心面對書桌後，又在那裡僵持半天……

「因為腦袋無法運作所以寫不了」這個直到昨天還管用的藉口，被證明真的只是藉口了。

或許，這與我去年以前單純被依賴心絆住的情況不一樣，是真正的低潮期。

後面該寫的發展，要下筆是如此困難，要完結是如此痛苦，想到失敗時將無可挽救便讓我變得軟弱……

或許我的手與頭腦，都在抗拒向前進。

可是，就算那樣……

終究沒有不會天亮的夜晚。

時間流逝，來到△月□日。

那同樣是個特別的日子。

霞詩子的人氣系列作《純情百帕》第二集的編輯會議。

不，名為編輯會議，實際上則是總編輯與作家的正面對決。

在上次編輯會議中，由於《純情百帕》目前的作品概念及劇情發展與新總編的方針不符，便遭受到強烈抨擊，還被宣布「照現在的內容，就算人氣尚可也會在第三集腰斬」。

後來的兩星期之間，男女主角將這部作品從企畫階段重新評估，熬夜討論劇情的走向，有時甚至是在談到快要吵起來的情況下徹底審視。

他們就這樣帶著再三琢磨過的第二集新大綱，迎來了那一天。

之後，會議毫無窒礙地……不對，停頓過好幾次，但還是平安無事……呃，有事歸有事，但還是結束了。

※　※　※

劇情事件編號：詩羽??
種類：個別劇情事件
條件：詩羽劇情線後半
概要：詩羽的決斷

【詩羽】「結束了呢。」

【主角】「嗯。」

會議結束以後，我們一離開大樓，涼爽的風使詩羽學姊的黑髮隨之飄揚。

大概是受了那陣涼爽的風影響，她的臉上充滿這幾天以來都沒見過的舒爽暢快……應該說，充滿堅毅之色。

從結論來說，《純情百帕》的第二集大綱得到認同了。

不過，關於「在第三集腰斬」這項方針的結論，則是保留再議。

……條件是以第二集的首週銷量來判斷。

不過，以銷量定成敗，某方面來說，對出版社算理所當然的對應方式啦。

即使如此，在贏得這項協議前，我們仍被迫面對過艱難的硬仗。

畢竟，我們跟總編輯號召的方針迎頭槓上了。

到最後，我們提出的新大綱完全無視於她的意向。

概念是「加強霞詩子的作風」。

我們撇開總編輯要求的輕快劇情發展，把霞詩子起初就抱有的構想進一步加深，毫不手軟地把令人煎熬的發展塞進作品裡。

總編輯當然氣得火冒三丈，一時之間還講出要在這集就腰斬的話。

然而，當時詩羽學姊……不，霞詩子卻抬頭挺胸地這麼放話。

「人氣尚可也就罷了，如果作品爆紅，妳應該是斬不了的吧？」

【詩羽】「會不會後悔？」

【主角】「我是沒有。不過──」

【詩羽】「不過怎樣？」

【主角】「詩羽學姊，失去我真的好嗎？」

【詩羽】「……你變得很敢說敢言了呢。明明是〈主角〉同學。」

在第二集大綱過關的同時，編輯部把我這個兼職編輯開除了。

開除理由是「駕馭不住自己負責的作家」，對此我毫無異議及悔意。

何況總編輯在離去之前，曾經對我一個人耳語：「等你成為大學生以後再來。」

我還以為自己被徹底嫌棄了，不過那位女帝也有讓人微妙地難以捉摸的地方呢。

【主角】「總之，大綱過關了……霞老師，之後就是作家負責的領域嘍。」

【詩羽】「嗯，我明白……接下來，寫作與搏鬥都是我的事了。我會用我的實力、我的努力設法處理。」

之前的兩個星期……與其說我跟詩羽學姊都在重新琢磨大綱，其實，我們真正在認真討論的

是這件事。

……往後霞詩子與我〈主角〉，要如何自處。

其實，辭掉兼職這件事，在今天被總編輯開除以前，我跟學姊就已經決定好了。

【詩羽】「所以……你要努力走你的路喔。」

【主角】「嗯……我遲早會追過霞詩子給妳看。」

我們在討論的過程中，已經互相發過誓了。

我不會繼續當一個「只會」陪在她身邊的人。

還有，學姊也不會再繼續依賴我。

她會像過去一樣，用自己的實力開拓出只屬於自己的未來。

此外，我還對詩羽學姊做了一項宣言。

我會把她去年拿到的「不死川Fantastic大賞」當成目標。

我會以當上小說家為目標。

在我看過她所抱持著的苦境，接觸到她即使如此仍不屈服的心以後，就有了這個念頭。

我果然也想創作。

我討厭自己只能陪在崇拜的人身邊。

【主角】「所以說，詩羽學姊，妳也要加油……」

【詩羽】「嗯……」

那是充滿希望的啟程。

儘管並非永遠，即使如此，那更是不折不扣的道別。

有些苦澀地如此做決斷的兩人之間，並沒有眼淚。

……畢竟，在那樣決定時，彼此都已經狠狠地哭過了。

哭著說不想分開。哭著說沒必要分開。哭著問為什麼不能一切照舊。

可是，既然一切照舊的結果，就是變得像我們目前這樣……

那我們是不是還可以變得比現在更厲害，更帥氣，更所向無敵呢……？

是不是還有其他的路，能讓我們藉此更上一層樓呢？我有了這樣的念頭。

【主角】「拚死拚活地加油吧。就算輸了也要再加油，就算挫折也要在明天繼續加油。」

【詩羽】「加油。」

我會永遠聲援她。持續聲援她。

但是，我不要當個始終只會扶持她的存在。

這次，我要扶持我自己。

我要讓自己成為第二個霞詩子給她看。

【主角】「加油……加油加油加油！」

【詩羽】「嗯，我會的……我會的！」

沒錯，加油吧……

妳是可以用「加油」這句話鼓舞的人。

妳是被寄予高度期待也不會垮的人。

妳是沒有我在身邊，也一樣可以發光的人……

所以說……

將來，等我們倆人襲捲業界的時候，再相見吧……！

第八章　為什麼這個人要**主動求敗**呢？

「嗨～阿倫！我完成任務了～！」

盛夏午後，在某間位於車站旁的咖啡廳。

伴隨門上掛鈴的響聲，開朗悠哉的呼喚聲傳遍店裡，連坐在裡面座位的我都能聽見。

「來～戰利品。所以我不就說了嗎？包在我身上。」

「真的假的，美智留……妳也太猛了，怎麼辦到的啊？」

依然興沖沖地大步走過來的美智留手上，確實握著「戰利品」。

「不過，確實像你說的那樣啦，帶出來費了好大一番工夫。這隻好像剛睡醒，跟鱷魚一樣會咬人，還跟小貓熊一樣都不肯動……」

「那當然嘍，因為那基本上屬於夜行性。而且動作慢雖慢，性情卻很凶猛，在午睡時挖起來是會沒命的耶。」

沒錯，那是在這個季節的這個時段（盛夏的大白天），鮮少能在外頭見到的稀有生物……

「……你們倆別把人說得像珍奇異獸好嗎？」

其學名為「霞之丘詩羽」。

「所以呢，在忙得要命的截稿前夕剝奪我寶貴的休息時間，究竟有什麼事情？別說要我手下留情或網開一面，根據你們回答的內容，我也可能會一輩子都不原諒你們喔。」

重新敘述一次，盛夏午後，離霞之丘家最近的車站旁的咖啡廳。

因為被人用蠻力推開自家的天之岩戶，天照大神（詩羽學姊）極為不悅地把店員端來的水一口氣灌進喉嚨以後，就用變得靈光的舌頭開始數落我與天手力男神（美智留？）……不對，數落我與天宇受賣命（美智留）了。

「早說過了嘛～不要因為尷尬就故意耍脾氣。學姊在集宿時被欺負得哭哭啼啼那件事，完全沒有人介意啊～」

「妳、妳妳妳妳說誰哭哭啼啼？這是怎麼回事，倫理同學！」

「沒有，我什麼都不曉得喔！再說我根本就沒看過那種場面！」

「既然你沒有看見，就是聽說的嘍？你從誰口中聽到的！」

「咦？詩羽學姊，難道……妳當時真的哭了？」

「……………所以呢，在忙得要命的截稿前夕剝奪我寶貴的休息時間，究竟有什麼事情？真拿你們沒辦法，說來聽聽吧。」

……順帶一提，天照大神為了掩蓋剛才穿幫的不利情報，似乎就用神力把時間倒回大約三十

秒前了。

「……這個是……」

當眼前打開的筆記型電腦顯示出標題以後，詩羽學姊賭氣的態度終於有了改變。

「嗯……詩羽學姊，這就是我們之前集宿的成果。」

「對、對，這是我們新作的試玩版。順帶一提，可以玩的劇本是年長又只有嘴巴厲害的窩囊女主角，霞之丘詩羽（暫定）的劇情線喔～」

「唔……」

「抱歉，美智留，妳講話會讓事情變複雜，先暫時安靜一下。」

沒錯，畫面上顯示著《不起眼女主角培育法（暫定）》的遊戲標題。

還有排在標題底下的「從頭開始」、「讀取進度」、「結束遊戲」三種選項。

「我們設法把遊戲做到能運作了……社團所有人一起努力的。」

那並不是先前我趕著寫完的純文字檔案，而是有模有樣的遊戲畫面。

「小波島的圖和我的配樂也加進去了喔，雖然根本還沒有完成就是了。」

儘管美智留依舊一副吊兒郎噹地隨口插嘴……

不過，我們能在這麼短的期間內把東西製作到這種程度，她的行動力絕對功不可沒。

我一把劇本完成就立刻聯絡其他成員，決定方針、分配職責、規劃期程，領著所有人動工。

唯獨這次，並不是由以往都在處理這一環的副總召執行。

『好不容易有這個機會……就讓學姊看看我們所有人的成長吧！』

雖然美智留仍像平時一樣粗線條，表現得散散漫漫……

即使如此，我還是可以感覺到有違其本色的認真與拚命。

「所以說……詩羽學姊，可不可以麻煩妳幫忙試玩？」

「哼……為什麼我非得做那種事？」

「呃，這個嘛，因為……」

詩羽學姊之前一直施壓，要我將她錄用為女主角，事到如今還問我「為什麼？」我也不知道該怎麼辦才好了……

可是，既然學姊絕對明白理由卻還要裝蒜，我想肯定代表她也不曉得該怎麼辦。

……但這樣的話，要怎麼說才好？

「怎麼可以不玩嘛……畢竟，這裡面有阿倫腦子裡的霞之丘學姊喔。」

「美、美智留……？」

就在我和學姊陷入對峙的時候，美智留又巧妙地幫忙打了圓場。

「由我來說也很奇怪啦……這個學姊型女主角明明是遊戲中的女生，卻超可愛的喔。」

「冰堂……」

老實說，今天的美智留……應該說她這幾天和平時像是變了個人……

「我有玩一下啦，好丟臉、好肉麻、好酸喔，內容幾乎讓我『唔哇～』地叫出聲音，然後卯起來用頭撞牆……」

「……我還是不玩了。」

「她的意思是又羞又喜而且有溫馨的酸甜滋味啦！」

唉，雖然粗線條加散漫的基本屬性並沒有變。

「那我先離開嘍～」

「怎樣啦？美智留，妳要回家了喔？」

而且，當美智留把激將法用到不能再用，總算讓詩羽學姊意興闌珊地準備碰遊戲時，她就匆匆離開座位了。

「唉，我想我還是不要看學姊實際哭出來的樣子比較好～」

「哼……那妳趕快消失啊。」

真搞不懂這傢伙是長眼還是不長眼……

「不過呢，我會算準時機，在學姊被觸動情緒，準備對阿倫霸王硬上弓的時候打電話過來，假如不想被打擾的話，記得先關手機喔。」

「要走快點走啦！」

「妳永遠消失吧！」

或者，她是在長眼的情況下故意裝瞎呢？

「……受不了，你為什麼要帶她過來？換成平時，這種黑心主意不是都由加藤負責嗎？」

「嗯，因為惠目前還睡在我的房……」

「哼……」

「不是啦！完全不是學姊想的那樣！單純是她一直編寫程式碼到天亮，才累得撐不住！」

即使美智留已經離開，終於可以辦正事了，詩羽學姊仍無法專注於畫面，遊戲內容遲遲不能開跑。

……呃，剛才是錯在我說得不清不楚吧。關於黑心云云的發言不應該怪學姊吧。

「總、總之，請學姊試玩看看嘛……啊，因為配樂也加進去了，要戴耳機。」

詩羽學姊依然瞪著我，但她還是不甘不願地收下耳機，將那戴進耳裡以後又瞪著我。嗯，好執著。

「倫理同學，這裡面有你心目中最強的我嗎？」

「……強不強暫且不提，我以學姊為原型，試著呈現出自己心裡面的萌點了。」

「為什麼你現在要做這些？」

「因為學姊之前自己說願意當女主角的範本啊……」

「那並不構成剛好在這種時候把東西做出來的理由……」

學姊操作滑鼠的手有在動，可是向我追究的嘴巴動得更快。

「你是想幫我打氣？你是可憐我，想多少讓我恢復活力，才像這樣多事？」

「……要怎麼想，是玩遊戲的人自己決定的事喔，詩羽學姊。」

「嗯……」

詩羽學姊仍緩緩地向前進，卻又好幾次想回頭，而我稍微表現出對她棄之不顧的態度。

「有所感受也無妨，要挑毛病也無妨，就算什麼感覺都沒有留下來也沒關係……」

我用了或許會令人感覺冷漠的語氣。

我講了或許會被認為在發脾氣的話。

「假如想表達的事情沒有表達出來，那是我的責任。學姊並沒有錯。」

倒不如說……學姊，對不起。我剛才有點生氣，也有點故作冷漠。

因為我確實有想幫學姊打氣的意思。

不過，我可憐學姊這種事，是絕對不可能發生的。

當然，詩羽學姊要那樣解讀我以往的態度也沒有錯就是了。

儘管是錯在沒有把心意傳達出去的我。

可是，既然她不能理解以往的我，我同樣希望她能接受我鬧一點小脾氣。

「我明白了……」

於是，在我們用賭氣的眼神互瞪了一會兒以後……

詩羽學姊總算點擊畫面上的「從頭開始」了。

「睽違許久……讓我檢驗看看你寫的劇本吧，倫理同學。」

※　※　※

「…………」

「…………」

詩羽學姊節奏性地點著滑鼠。

每次點擊，畫面中的詩羽學姊就會冷冷開口，壞心地戲弄人，偶爾也會稍微溫柔地細語。

仔細想想……不，就算不仔細想，那對製作者還有成為範本的人來說，都像公開處刑一樣。

「……唔。」

「……唔。」

大概是因為這樣，詩羽學姊拚命地專注於畫面，始終努力不看近在身邊的我。

不過，雖然我沒有被虐狂傾向，卻還是想知道學姊會有什麼反應，所以認真地追尋她的表情與呼吸，還有舉止的變化。

畢竟對創作者而言，玩家活生生的反應是寶物。

更何況是來自尊敬的創作者，那就更不用說了……

「……倫理同學。」

「什、什麼事！」

「你呼氣……在我的臉上了。」

「對、對不起！」

……但就算那樣，也沒有必要貼近到可以把氣呼在對方身上就是了。

『不說妳就不懂嗎！』

『那當然是因為……我是熱愛這部作品的書迷啊！』

「……哼！」

「唔、唔噫！」

於是，遊戲來到頭一個問題場景。

雖然說我們已經和好了，但那是曾經讓我們完全決裂的劇情事件。

正如我之前所害怕的，詩羽學姊一玩到那個場景，就開始發揮拿手的抖腿功夫，桌面搖晃起來。

然而……

「…………」

「…………」

現實中的詩羽學姊如此不耐煩，反觀虛擬世界的詩羽學姊卻一臉悲傷而消沉，亂帶勁的悲壯配樂更將劇情拱上高潮。

眼前看到出海與美智留如此賣力的成果，讓人在故事裡越陷越深。

「…………」

「唔……嗚嗚…嗚……！」

「……嗳，倫理同學。」

「呃，對、對不起！」

……淪陷的是製作這段劇情，還事先試玩過的我。

「…………」

「…………」

之後，日常類型的劇情事件持續了好一陣子。

那是這款遊戲原本訴求的概念，「對男女主角感情加深的過程詳加描繪」的部分。

換句話說，男女主角用最糟糕的方式認識然後決鬥；權力大到不自然的學生會暗中活躍；毫無預警地出現千金小姐未婚妻，諸如此類的爛戲……呃，諸如此類的衝擊性發展並非本作依託，某方面來說，這也算內容樸素的部分。

「…………」

「…………」

詩羽學姊在現實中度過像故事中那般緩緩流逝的時間。

她並沒有連點滑鼠，也沒有啟動未讀略過的功能，而是將我寫的日常敘述全部讀完。

「呃，詩羽學姊……」

「怎樣？」

「這部分不會無聊嗎？」

「會啊。」

「……劇情既沒有起伏，也沒有進展。」

「是啊。」

「很無聊對不對？」

「對。」

「這樣啊……」

「是啊，沒有錯。」

像這樣，學姊不只在遊戲裡，在現實中也跟我進行著乏味的對話……

即使如此，我可以了解。

目前，詩羽學姊應該正專注於遊戲。

畢竟她講話時的語氣、內容還有表情，都可以看出有一絲絲微妙的變化。

語氣變得更平淡了，回答的內容也像是脊椎反射，至於表情……總覺得只有一點點，可是卻有許多變化。

那反倒比毅然而饒舌的詩羽學姊，或者軟弱而寡言的詩羽學姊，道出了更豐富的某種訊息。

「…………」

「…………」

所以我猜……不，我敢肯定，詩羽學姊也過著既乏味，卻愉快的時光。

唉，雖然那種平穩的時光，應該很快就要不留痕跡地灰飛煙滅了。

畢竟……看吧，快要演到那段劇情了。

『詩羽學姊……』

『那、那、那個……』

「唔……呃……」

「………………」

是的，就是那一段。

『怎麼了嗎？妳愣住了耶。』

『呃，我實在沒有想到……你會採取主動，該怎麼說呢……』

「唔噫……！」

「啊……啊～」

進入我……應該說，進入男主角把詩羽學姊（暫定）推倒的個別劇情線後，原本算滿安靜地在玩遊戲的詩羽學姊，終於也稍微嚷嚷了起來。

學姊點滑鼠的動作變得莫名慌張，兩腿也開始全力抖動，臉紅得像是快沸騰，還意味不明地發出要當感嘆詞或尖叫都說得通的吐息。

那模樣，簡直像不習慣應付男人……不對，簡直像不適應美少女遊戲規矩的純情女生……

沒錯，正像這款遊戲的女主角，也就是初次面臨恩愛劇情時的詩羽學姊（暫定）一樣。

『妳怎麼會那樣覺得？為什麼會那樣斷定？』

『〈主角〉同學……』

「倫、倫理同學……」

「我、我在這……」

如此嚴重動搖的詩羽學姊相隔許久，才講出了有意義的單字。

話雖如此，她那句「倫理同學」是在責備我寫出這種劇情，還鬼畜到讓當事人來玩，還是單

純在替台詞配音，這倒是不太好判斷。

……呃，如果是後者，對彼此來說都滿那個的就是了。

『……我是很麻煩的喔。』

『我曉得。』

「什麼話！這算什麼意思！你……你了解我什麼啊！」

「沒有啦，了解的是男主角，他只是對女主角有所了解啦！」

不過唯獨這部分（很麻煩），我一點也不覺得是虛構，這話可不能說出來。

『嫉妒心重，根性又陰沉，自尊心卻很高，還是個處○。』

「才不是！雖然沒有全部說錯，可是有一部分錯了！」

「小的明白！請您了解本故事純屬虛構！」

話是那麼說啦，學姊提到的一部分是指哪部分？

『那麼，讓我們一起創造吧，編輯先生？創造任何人都不能介入，只屬於我們兩個的愛情故事……』

「～～唔！呼……呼……呼……呼啊啊啊啊～～」

「請、請用冰開水？」

在詩羽學姊一口氣灌下我推測「應該會鬧出這種情況」而事先向店員要的冰開水以後，就一邊喘氣，一邊用極為熾熱的目光朝我瞪了過來。

「我、我才不會……講這種讓男人佔便宜的話……！」

「當然了！因為這並不是完完全全照學姊來刻劃，而是『我心目中最強的萌系女主角』啊！」

關於詩羽學姊那種熱度的來源……我決定先理解為憤怒。

「意思是只要照上面寫的做，你就會……這樣對我？」

「拜託妳千萬不要那樣嘗試！」

……話說回來，幸好我有把學姊帶到外面。

起初我也想過把學姊叫來自己房間試玩的方案，不過要是那麼做，彼此應該都無法承受這種氣氛。

……不過我絕對不會去想像，那將導致什麼樣的結果。

「呃，妳想嘛，這是美少女遊戲，這是噁心阿宅的扭曲妄想比現實更重要的媒體作品。」

恩愛場景終於結束，彼此都調整過呼吸後，我順便拿了菜單想加點東西，同時也針對剛才的場景向詩羽學姊找藉口……我是指講述演出上的安排。

「可是，你這樣太令人困擾了……」

詩羽學姊似乎對剛才那些情節還耿耿於懷，望著畫面連看都不看我，只顧慢慢地推進回歸日常模式後的遊戲劇情，並且困擾似的嘀咕。

這種尷尬的感覺……好比聲優剛配完接吻之類的場景一樣，真想請教他們是怎麼排解的。

「唉，的確啦，就算是女性御宅族，或許也難以接受噁心宅男的妄想。不過，美少女遊戲從根本上就是……」

「被你像這樣搶先寫出了噁心阿宅（倫理同學）的妄想（理想），我會很困擾……」

「……啥？」

然而，仔細聽詩羽學姊一說，她的煩惱似乎與害臊是屬於不同的次元。

「畢竟你先寫的話，我就不能用這一套了啊。你把哏搶走了耶。」

「對、對不起喔。」

學姊是想用在哪裡？

「雖然具體提到這麼做就會上鉤是很大的收穫……不過，一旦曉得以後，我覺得依樣畫葫蘆就輸了。」

「是、是那樣嗎？」

所以學姊到底想用在哪裡？

「是的，就算有保證成功的套路送到眼前，作家就是會希望在某處發揮出自身色彩而加以改編的麻煩生物喔。」

「原、原來如此……真是耐人深思的一番話。」

呃，這是在談創作論吧？

「那件事歸那件事……我渴了，能不能讓我加點東西？」

「請、請便！儘管點！」

「那麼……我、我想點香檳……！」

「……這裡是咖啡廳啦。」

看來學姊把遊戲玩到第二次的恩愛劇情（口對口餵香檳）了。

既然如此，希望她不要依樣畫葫蘆，而是在發揮自身色彩並加以改編。

「…………」

「…………」

於是，故事終於迎接結局。

霞之丘詩羽（暫定）劇情的真正高潮戲碼兼最後情節。

詩羽學姊身為霞詩子的復活篇與最終章。

有些地方似乎也會稱之為ｃｏｄａ。

「…………」

「…………」

詩羽學姊似乎連呼吸都忘了，全心專注於畫面。

為了避免看漏學姊的任何反應，我也吞了口水，望著她的臉龐。

畢竟，現在就是接受考驗的時刻。

考驗我成為霞詩子的徒弟八個月以後……身為作家的筆力。

考驗我和詩羽學姊認識兩年多以後……身為人，身為男生對她的理解有多深……

「……呼。」

「啊……」

她放在耳裡的耳機傳出來的曲子變了。

我記得那是最後一次試玩時，勉強來得及加進去的曲子。

……美智留直到今天早上才做出來的遊戲片尾曲。

「結束了……倫理同學。」

譜出來的配樂是如此講究，反觀畫面上所顯示的，卻只有連樣式都未經琢磨的黑體ＥＮＤ字幕。

「學、學姊覺得如何？」

直到上一刻，詩羽學姊的表情都微妙地豐富，但進入高潮戲以後，就完全僵掉了。

儘管那大概是因為結尾的劇情發展，對現在的她來說，應該難受到幾乎排斥的地步。

但我猜當中，恐怕也摻雜了學姊在全部讀完以前，不想被我看穿內心所懷感想的念頭。

「……這算什麼劇情？」

「咦……？」

詩羽學姊就像那樣，把自己對結尾劇情的種種想法累積又累積。

到現在，她才卸下表情，決堤似的用言語逐漸吐露而出。

「別開玩笑了……你想說，這就是我期望的未來？」

「啊……」

……以憤怒的情緒為主。

「這種劇情……像這樣的劇情，我不能認同……我不會接受這篇劇本！」

吐露從我的文章裡得到的感受。

吐露從那篇故事接收的訊息。

否定了男女主角在煩惱後做出抉擇，下定決心要走的路……

「這種『戀愛和工作都圓滿成功而無憂無慮的快樂結局』……算什麼啊！」

※　※　※

【詩羽】「結束了呢。」

【主角】「嗯。」

會議結束以後，我們一離開大樓，涼爽的風使詩羽學姊的黑髮隨之飄揚。

她大概是受了那陣涼爽的風影響，臉上充滿這幾天以來都沒見過的舒爽暢快……應該說，充滿堅毅之色。

從結論來說，《純情百帕》的第二集大綱得到認同了。

不過，我們倆能走到這一步，真的經過了漫長、艱辛、慘烈……

而且幸福的奮戰過程。

我將總編輯的話一句一句地拆解，拚命找尋她想帶領新編輯部前進的方向。

詩羽學姊則重新面對自己的劇情大綱，也面對讀者。

結果再次完成的大綱，已經看不出初稿的半點影子。

然而卻留下了霞詩子的風骨，成功地只對作品本身的穠纖加以改造……我如此認為。

劇情發展變得更搶眼，更緊湊了。

登場的女主角人數增加，她們的裸露度提高，好感也變得明顯了。

……即使如此，男女主角之間時而複雜、時而變來變去的人性心思都成為作品的肌肉，稍微藏到脂肪底下了。

【詩羽】「勉強存活下來了呢。該說真不愧是霞詩子嗎？」

【主角】「……明明學姊事事都靠我。」

【詩羽】「……你變得敢說敢言了呢。明明是〈主角〉同學。」

【主角】「至少今天的會議都只有我在講話耶！」

不知道總編輯有沒有發現我們那種「小小的抵抗」。

……呃，從她的態度來看，其實八成有發現吧。

畢竟在會議中，她看我講述這次大綱概念時的眼神就顯得非常狐疑。

不過，說不定她在看明目張膽地坐我旁邊打嗑睡的詩羽學姊就是了。

【主角】「總之，這樣就了結一樁差事啦，要不要找地方舉杯慶祝？還是久違地到哪裡玩？」

【詩羽】「不要。我想立刻回家立刻睡覺。買便利商店的東西來吃就夠了。」

【主角】「呃……是喔，那我該怎麼辦呢？」

【詩羽】「……你說這話是什麼意思？不是要跟我一起回去嗎？」

【主角】「咦？可是，我差不多該回自己家了，要不然也會給學姊添麻煩。」

……呃，我就在這裡揭自己的底好了。

其實，在大綱初稿被通篇廢棄後，直到這次編輯會議前的幾天之間。

我們可以說是……幾乎都同寢共食地黏在一起。

不，說穿了，那根本就是同居。

【詩羽】「唔唔……」

【主角】「詩、詩羽學姊……？」

【詩羽】「唔唔唔唔唔～」

【主角】「等、等一下……」

實際上，我是第一次見識詩羽學姊執筆時的模樣，該怎麼說呢？從某方面來講實在很慘烈。

畢竟，學姊專注時真的很棘手……不睡不吃又不想動。

她只顧著敲鍵盤，不斷地抖腿和意味不明的嘀咕，有時會狂笑，有時會哭哭啼啼，有時還會把矛頭指向我痛罵。

【主角】「……我明白了。總之，我今天會跟學姊一起回去。」

結果，經過這次的事情讓我體認到，種種古怪毛病令人不忍說出口的詩羽學姊在我像這樣屈服以前，是絕對不會退讓的。

……另外，我也體認到自己完全不排斥她那樣耍任性。

詩羽學姊一如往常地用使壞似的表情，回覆我那不情願的應允。

【詩羽】「那麼，你可以在洗澡時再幫我那個嗎……？」

【主角】「洗頭髮對不對！我當時可是有好好地穿著泳褲喔！」

即使如此，我想這仍是非常不可告人的關係，也是會招致誤解……不，令人可以理解的行為就是了。

不過，詩羽學姊對那方面就是毫不躊躇啊。

總之，我們的奮戰結……才剛開始。
新的戰鬥又會開始……具體而言是從下週起。

【詩羽】「〈主角〉同學……？」

【主角】「怎、怎樣？」

【詩羽】「從今以後，我還是會事事仰賴你喔。」

【主角】「所以學姊指的是原稿吧？沒錯吧！」

我們編出來的劇情大綱，將由我們合力付諸成型。

（完）

※　※　※

沒錯，就像詩羽學姊點破的那樣。

那是「戀愛和工作都圓滿成功而無憂無慮的快樂結局」。

……劇情發展和初稿完全不同了。

可是……

「難道這樣的快樂結局不好嗎？難道這樣的女主角不萌嗎？」

對於抨擊修改版劇情的詩羽學姊，我若無其事地予以反駁。

「在這種牽強劇情中獲得幸福的牽強女主角，到底有什麼好萌的！你簡直就……！」

要說故事編得太牽強，或許也沒錯。

畢竟，用這種方式收尾，就能輕易地想像往後的發展。

《純情百帕（暫定）》往後還會繼續寫，作品大賣特賣，朝多媒體發展後聲勢更旺，霞詩子將逐漸奠定自己身為人氣作家的地位。

而且，霞之丘詩羽往後也會跟主角一同邁進。

把他當成重要度更勝以往的編輯，也把他當男朋友。

「可是學姊……我好愛這個結局。」

沒錯，正因為如此，女主角的笑容才能燦爛發光，襯托出她與男主角的恩愛戲碼不是嗎？

這不就是我最喜歡的幸福圓滿大結局嗎？

「假如這不是以我為範本的女主角，或許我就認同了……可是！」

「這個女主角……不可愛嗎？」

「可……可不可愛並不是我要談的問題！」

詩羽學姊否定歸否定，臉上仍頓時多了一分紅暈。

從那樣的反應，也可以期待詩羽學姊大概對女主角的言行與選擇感受到了什麼。

「不然，學姊想談什麼呢？」

「她根本就不是我……我絕對不會認同她做的選擇！」

即使如此，詩羽學姊還是堅持拒絕畫面中的她。

「兩個人合力修改被總編輯貶低的劇情大綱，贏得將腰斬命令撤回的結局？這算什麼老套的發展嘛！」

「老套與王道只有一線之隔，學姊不是也這樣說過嗎？」

「假如有將角色掌握好，那方面的缺陷應該就不會太顯眼，可是……」

「我寫的角色不夠鮮明嗎……？」

「我才沒……不，她才沒有這麼軟弱！她不是這麼愛撒嬌的女人！」

學姊拒絕讓畫面中的她與自己同化。

「假如她真的是創作者，在自己的作品遭到踐踏以後，才不可能這麼容易就死心……！」

畢竟，她對自己的文章有無盡的眷戀。

「如果她是我，更不會借助別人的力量來取得屬於自己的劇情大綱。」

「為什麼……學姊可以說得這麼篤定？」

「因為好比我的作品只屬於我，她的作品也只屬於她啊！」

「詩羽學姊……」

畢竟，她對自己的才華有強烈的自尊心。

「自己拚命做的工作居然要仰賴別人，而且那還是最根本的部分，我不容許那種事。我不容許。那是不能被容許的。」

畢竟，她有她絕對不能被扭曲的固有作風。

「要舉其他例子也舉不完。像周遭的反應也是，對於總編輯認同他們倆的描述太薄弱。這樣單純就是牽強硬拗，看起來只像把可以取悅你的情節全部塞進去的大鍋炒！」

是的，我明白……

我所寫的這個女主角，與霞之丘詩羽「似像非像」。

因為真正的霞之丘詩羽是賭命創作，不對人言聽計從，只信任自身才華，貫徹己志，對男人來說既棘手又不便宜的高貴女性……

「可是，我覺得這個結局是最棒的。不，即使現在被學姊否認，我還是那麼認為。」

「倫理同學……！」

沒錯，就算我寫的角色和詩羽學姊有差異，我還是覺得這篇劇本是最精采的。

正因如此，我才把自己認識的……真正的霞之丘詩羽封藏於初稿當中。

她並不是尋常無奇的高中生男主角能夠攻略的簡單女性。

就算有高牆擋在面前，就算被人痛宰。

她遲早還是會用自己的腳站起來，並且再次向前。

……因此，當中不需要男主角的存在。

儘管那或許可以替她的作家人生增色，卻不可能成為其根幹。

「我心目中最強的詩羽學姊」應該與她心目中最強的自己八九不離十，那不會是普通人。

那是天才，那是女神，同時，更是個創作者。

然而，天才女神創作者在我的遊戲裡，是當不成女主角的。

「我剛才不是說過嗎……因為這是美少女遊戲。」
「倫理同學……」
沒錯，這是美少女遊戲。
這是噁心阿宅的扭曲妄想比現實更重要的媒體作品。
這是便宜男人的噁宅妄想。
這是灌注靈魂，磨耗生命才創造出來的噁宅妄想。
「堅強的女主角剝去外皮後其實很軟弱，這樣才好。在最後一刻會對男主角撒嬌，絕對比較萌。」
所以……從我身邊離去的詩羽學姊，對我而言固然是必要的，可是，在我的遊戲裡用不著。
「……不管我怎麼說，你都堅持自己沒有錯嗎？」
「是的，因為這是屬於我的……不，這是屬於我們的作品。」
最先讀到劇情的伙伴們……惠、出海、美智留還有伊織都說這寫得很好，而且很有趣。
雖然，他們確實也說過有牽強硬拗的味道，但我主張正因為如此才萌，他們也都接受了。
以青春戀愛塗鴉來講，或許這確實是部爛作品。

在擅長戀愛作品的霞詩子看來，或許沒辦法認同。

假如她要說這是天馬行空的牽強故事，那一點都沒錯。

不過，若以純愛美少女遊戲來看，這篇劇本就算和霞詩子作品比也毫不遜色。

「那麼，我已經無話可說了。因為你不認同我的意見。還有，我不認同這個女主角。」

「……這樣……啊。」

那對我來說，對詩羽學姊來說，大概都是相當相當重要的一句話。

因為，那代表創作者之間的決裂。

她剛才是在告訴我……照這樣下去，我們無法一起創作。

我們已經不能朝相同方向前進。

我們分道揚鑣了。

「即使如此，謝謝你……倫理同學，謝謝你試著替我打氣。」

「嗯、嗯……」

到最後，詩羽學姊忽然收起之前激動的語氣與表情，主動收起矛頭了。

然而，那並不是因為學姊到最後願意認同我的關係，而只是在安慰我這幾天白費的努力，也可以解讀成她對我死心了。

結果，我用渾身解數寫出的劇本，沒能打動詩羽學姊。

終章

「那我出門嘍～」

我拖著行李箱，打開玄關的門。

雖說才早上七點，已經變亮的太陽毫不留情地從門縫照了進來。

今天似乎會跟昨天和前天一樣繼續熱下去……不過，到今天為止的三天都能一直放晴，對我們御宅族來說倒是福音。

畢竟，今天是八月中旬的星期日。

換句話說，就是夏COMI第三天。

為了參加約二十萬名御宅族的嘉年華會，在意氣風發地往外踏出一步的我眼前……

「喲，少年，我可以送你到Big Sight喔。」

「紅坂小姐……？」

有意想不到的發展等著我。

「那個，紅坂小姐……我可不可以請教一下？」

在車子穿過大街，開上首都高速公路以後，我終於讓動搖的心情鎮定下來，然後看著手握方向盤的她……紅坂朱音的臉龐。

「啊～別介意。因為我剛把霞老師載到柏木老師家，再說我住的公寓在有明。換句話說，送你過去完全順路。」

「不，我現在想問的不是那個……」

不，其實連她剛才隨口講的那句話裡也有一堆讓人想要問清楚的地方，不過，目前我有想要先確認的真相。

「原來……妳在之前（第六集第六章）用過『江中』這個化名。」

「啊～沒錯啦。」

原本在集宿那晚，當我認出她開的車是ＢＭＷ時，就應該同時發現了。

不過，在「停在我家門前的ＢＭＷ」這個關鍵詞湊齊以前，我實在想不到眼前的女性和那個「穿著體面的黑色西裝，把長髮往後綁成一束，將軟帽深深地戴到眼前還自稱會計師的痞子大哥」會是同一個人。

倒不如說，紅坂「ＡＫＡＮＥ」取「ＥＮＡＫＡ」這個化名……只是把拼音反過來念嘛！我從沒有看穿「ＲＡＮＤＡＭ　ＨＡＪＩＬＥ（詳情請參照SNATCHER）」和「ＥＬＩＪＡＨ（劇情洩漏注意）　ＭＡＤＮＡＲ」那時以來就毫無長進！

唉，先不管剛才扯到的數位龐克作品了……

「呃……非常謝謝妳。」

「……感謝我好嗎～？」

「當時妳真的幫了大忙。」

沒錯，若是那樣，我非得對這位女性抱著感恩的心情。

在那須高原的那個晚上……我之所以能趕到病倒的英梨梨身邊。

之所以有大人（而且其實是女性）幫忙打點食物和換洗衣物。

肯定都要歸功於這位以時薪換算根本無法估計能賺多少錢的怪物級創作者，無償為我們付出那些時間。

「不過，你其實是恨我的吧～？」

「那還用說……！」

「啊哈哈哈哈哈～」

「～～唔！」

……縱使那樣的心血來潮，讓她看出了英梨梨的才華，結果導致連詩羽學姊在內，社團裡最強的兩人都被她搶走……

話說妳別笑了，我快發飆了啦。

「那麼……我還有一個問題。」

「怎樣啦，少年？你開口閉口都是問題耶～」

紅坂朱音早就從眼神看透我有話想問，卻依舊一派輕鬆地應付我。

不過，既然她肯讓我像這樣上車，肯定也有被我問到這件事的心理準備。

「……詩羽學姊過得好嗎？」

經過在咖啡廳的那場對決，或者決裂……

總之，從我和詩羽學姊見面後，已經隔了一個星期以上。

換句話說，紅坂朱音指示用來修正《寰域編年紀XⅢ》的緩衝期早就過了。

「怎麼？你在擔心霞老師嗎？」

「要說的話，我也知道像自己這樣為她操心，根本就是不知天高地厚……」

「啊～你是不知天高地厚啊～憑你幫不了她的啦～」

「唔……」

「咯……咯咯咯，跟你鬧著玩的～」

像這樣，我輕易地被年齡與經驗的差距駁倒，態度立刻變得不開心，而紅坂朱音就像等著我這種反應似的一笑置之……

然而，她馬上就心情頗佳地拍了拍我的頭。

「別擔心。你已經盡力做到最好了吧？」

「……請問妳聽到了多少？」

「這個嘛，比如我曉得你放在包包裡的ＤＶＤ，有收錄你盡力寫到最好的那篇劇本……之後要給我一片喔。」

「我必須遵守Comiket的道義，請妳開場後再來。」

「別擔心，那種規矩連籌備委員會都沒有在管喔～」

「那不可以講出來啦……」

先不管後半段互動，看來紅坂朱音似乎對我們的事大多都知情。

可是，那表示有相關人員將情報洩漏給她。

更表示她和那個「相關人員」的關係並不差……？

「我一直很期待喔……那就是你用來讓霞老師覺醒的魔法劇本吧？」

「咦……？」

我還沒有空多作思索，她就侵門踏戶地談及想都想不到的深層話題了。

「喂，少年，那個小妞不太妙喔，她用的藥量未免太重了吧。只要你下跪懇求，我想她甚至可以為你殺人耶。」

「噯，妳那是什麼意思！」

「沒有啦，我不是指直接動手殺人喔。只不過，她好像輕輕鬆鬆就能寫出讓人看了想尋短的作品呢～啊哈哈哈哈哈哈哈哈哈～」

「那樣也夠不吉利的了！」

任誰來聽，都終究難以接受那種離譜的發言。

可是，既然那樣的發言是來自以我所知，從過去到現在讓最多讀者死心塌地的人口中，其說服力自然就……

「唉，說真的，由『我』來替那個小妞操心，簡直是不知天高地厚。應該說人不能只看表面呢～還是她終於露出本性了呢～」

「紅坂小姐……？」

儘管剛才那句發言，還是有許多讓人想吐槽：「原來妳會擔心嗎！」的部分。

不過，對於她那時候說的話還有表情，我冒出了比吐槽更多的疑問，也冒出了比疑問更多的期待。

「讓你看看吧，拿去……這就是霞老師的瘋狂。」

「啊……」

因此，接著她從儀表板底下拿出的那疊紙，吸住了我的目光。

『寰域編年紀XⅢ　第二稿　霞詩子』

※　※　※

「……唔。」

「…………」

「唔、唔嗯……」

「……喂。」

「唔咕……嗯……嗚嗚……！」

「真的撐不住要講喔，我會找地方停車。」

紅坂朱音把「那個」遞給了埋頭讀劇本的我。

「不、不會，我沒事……嗯。」

「唉，有這種反應也是難免啦……柏木老師讀完以後也躺了一晚。」

那既不是用來擦眼淚的手帕，也不是面紙，而是怕車子弄髒的塑膠袋。

「這……這真的是出自詩羽學姊？不是紅坂小姐妳自己寫的？」

「喂喂喂，你很沒禮貌耶。就算是我，也不會在《寰域編年紀》這樣搞喔～」

「我想也是……」

我真的差點吐出來……

至於原因，大概不只是暈車……

那篇第二稿經過了大幅改寫。

結尾的部分，更是翻修到看不出初稿的影子。

而且，最後首領菲爾南德卿的生平、歷史、思想與行動，可以說都變了樣。

可以說脫胎換骨地變得既幸福又悽慘，一帆風順兼急轉直下，充滿溫柔的瘋狂，反覆著秉持正義的殺戮。

他完完全全地成了如此失心瘋的人物……並非行動瘋狂，而是其導致的結果。

被家人所愛，受領民愛慕，感謝世界的恩惠，盼望和平的一名魔法師，卻因為好心的領民，還有世界的溫柔「善意」，導致自己命運的齒輪逐漸失靈。

所有人都愛他，為他採取行動，有意保護他而全力作戰……如此的愛與溫柔以及慈悲，卻淨是讓後果一昧地惡化。

結果，主角們在最後對抗的魔物，就成了把他全家人的身體部位聚集在一起，堪稱世上最為慈愛，也最為醜陋的嵌合怪……

「唉，因為她幹得實在太過分了，我就高高興興地把劇本送到馬爾茲啦。」

「……過分的是妳的行為吧。」

「也是啦。於是宣傳和研發部門就凶巴巴地過來找我抱怨了，那些傢伙竟然說霞詩子這個人太危險，要我把她換掉。」

「等一下，事到如今還換人是什麼意思！」

「安啦，到頭來他們把意見撤回了。反正就算不撤回，我也會把那種無意義的抱怨搓掉。」

「……紅坂小姐，妳是說……妳在保護詩羽學姊？」

「當然啦，寫得出這麼狠的劇本，在寰域系列中算前無來者吧？」

「就是因為之前沒有人這樣才會造成問題啊……」

「啊～對喔～或許是啦～……啊哈哈哈哈……啊哈哈哈哈哈～」

紅坂朱音大概是剛熬夜到天亮，亢奮得一臉開心地哈哈大笑。

明明上個月她才把詩羽學姊的劇本臭罵成那樣，這態度轉變真驚人。

不過……總覺得她很高興。

「唉，就算那樣，結果還是要改啦。」

「等等，妳還要壓榨詩羽學姊喔……？」

「別說得像我害的。這可是那個小妞自己安排的把戲。」

「什、什麼意思！」

「我的喜好暫且不提，她也曉得馬爾茲不可能接受這篇劇本……所以就當著那些臉色蒼白的傢伙面前宣布：『其實這個結局還有後續。』」

「後續……？」

「她說為了翻轉這個悲慘的結局，主角們會讓時間回溯，改變過去的歷史，並且以快樂結局為目標。」

「穿、穿越時空的劇情發展？」

「先前看了慘烈劇情的人，一下子就被她那種誘導方式吸引住了……那個小妞的性格真的很不賴。」

而且，總覺得紅坂朱音看起來非常歡喜。

……甚至讓我懷疑，自己之前到底是為誰辛苦為誰忙。

「可是……這樣的作品賣得出去嗎？」

「我就是為此而存在。」

連我因為內心有太多情緒而無法自處的消極性喃喃自語，紅坂朱音都立刻給了反應。

「我會要她補寫快樂結局，然後從頭研議宣傳策略，再用柏木英理的圖，還有我的名字，讓毫不知情的傢伙紛紛上鉤。」

「那樣不會被罵廣告詐欺嗎？」

「馬爾茲的人也擔心過同樣的問題啦……霞詩子對此所做的回覆又更絕了。」

「學、學姊說了什麼……？」

「這個嘛……」

『等玩家發現時……應該已經逃不出霞詩子的魔力了喔。』

『內容無聊才會讓人注意到缺陷，對不樂見的故事劇情產生排斥反應。

但只要內容有趣，那就會像毒品一樣，逐漸侵蝕人心……

變得沒有它就活不下去。』

『我會在玩家心裡，種下一輩子也忘不掉的陰影……』

「哎呀，當場所有人都聽到僵掉啦。啊哈哈哈哈哈哈哈哈！」

「…………」

「話說……我應該是交代她寫『讓七成玩家大哭，再讓另外三成反感的故事』才對……照這樣就變成『讓九成玩家大哭，同時也感到深惡痛絕的故事』嘍。」

「哈哈……」

「說起來，就是過度扭曲，又邪惡得無與倫比吧？咯咯咯……」

「哈哈……」

她又變遠了……

即使我以為已經稍微追上學姊，也有了能對抗的自信，還敢拿自己的作風頂撞。

即使如此，霞詩子還是在轉眼間就跑得更遠了。

明明她仍舊非凡依然無所畏懼地，朝著意想不到的方向成長。

無論走的路差別再大，頂端都一樣既高又遠。

※　※　※

「那麼，第三天的活動加油嘍。」

「……謝謝妳送我過來。」

於是，車子平安抵達國際展示場車站的圓環了。

周圍有前往Big Sight的大量人群，還有幫忙引導的籌備人員們來來往往，籠罩著能讓御宅族瞬間進入戰鬥模式的氣氛。

那種情況下，紅坂朱音從前後被痛車包夾的ＢＭＷ駕駛座，探頭出來目送我。

儘管她說的話全都偏激無比，對一般人感到不齒，還充滿狂妄自大的調調……

即使如此，像是在那須的時候，她的行動也像現在一樣自然親切，讓我不太能捉摸這個人的角色形象。

「呃，紅坂小姐……」

「怎樣？」

「我還沒有死心喔。」

即使如此，像是不聲明一句就無法罷休似的，我為了要恩將仇報，就再次與她對峙。

「我遲早會把霞詩子和柏木英理搶回來給妳看。」

「是嗎？那，你加油吧。」

不過，她似乎一點都不介意我是被誰害得要努力奮鬥，只是淡定地……呃，只是毫無感慨地將我的宣戰敷衍過去。

「妳一點都不認為我有那種能力，對不對？可是我……」

「我怎麼可能曉得那種事啊～」

「咦？」

「漫畫裡常有宣稱『你的眼神不錯』，然後就看出男主角有天分的角色對吧？那很蠢耶～正常來講，哪有看眼睛就曉得對方有沒有前途的啊？」

「不不不，妳的作品也有那種橋段吧？我想得出三部左右！」

「可是呢，作家有沒有前途，不看作品是不曉得的～……不過，就算看過作品，也未必能判斷對方會不會一躍而紅就是了。」

「咦～」

順帶一提，眼前這個人是在以前曾預先投資過眾多作家，還被封為「御宅界的燒田農莊主」或「摧毀作家生態的外來種」，屬於「最不應該講出剛才那些話」的人。

「廢話。就算我有神的創造力，也沒有神的眼光啊～」

唉，光是她自認創造力可比神明，就已經夠那個的了。

「不過……」

「不過？」

可是，如此任性又不負責任的神……

「霞詩子和柏木英理，都信任你的才華。」

「咦……？」

「那兩個人與你衝突後，都成長為怪物了。肯定是你引起了化學反應……光是如此，就有讓我對你感到好奇的意義。」

「紅坂小姐……？」

祂對於自己選中的天才擁有的才華，還有所說的話，似乎多多少少是相信的。

「讓我認清你吧……你究竟是不得了的創作者原石，還是御宅社團中扶不起的王子呢？」

「對我來說後者的門檻還比較高啦！」

「有意思，了不起的自信。」

「呃，我不是那個意思……」

只是，祂對於自己選中的女性，似乎不太信任她們看男人的眼光。

「總之，你想要回那兩個人就自己往上爬吧。那樣的話，我再不情願也得注意你。」

「那……假如我做出了很棒的作品，妳就會認同我嗎？」

「行啊，到時我就會用全力把你納入手中。敢抵抗就痛宰你。」

「什……」

她那些話，依舊像個神〇病。

「然後，如果你還能存活下來……那你就是我的敵人，同時也是崇拜的作家。我會買下你所有的作品，並且全部讀遍，有時歡笑，有時說你壞話，有時掉淚。」

不過，明明她已經稱霸於業界頂端好幾年了，卻還是滿腔熱血。

「我會使勁嫉妒，死命地仿效，然後再次追過你，並且指著你嘲笑。要做好覺悟喔。」

而且，幼稚得難以置信。

「……妳用那種方式過活，不會覺得累嗎？」

「要是累得停下來了，那就是我的死期。」

是的，程度肯定更甚於我……

「我會一直站在最前線，我會追逐流行。

我不停留在某一處，我不做只有內行人懂的作品。

我會一直鎖定新客層，我不怕老顧客離去。

不過要我刻意放掉當下的客人嘛，想都別想。

我會把新來的與舊有的，全部一起帶到自己的新世界。

……至少，我會抱著這種心態去拚。」

紅坂朱音……

從七大罪之中，把傲慢、暴食、嫉妒、貪婪、憤怒五項納入己身，罪孽深重的創作者。

「畢竟大家聽見我的名字，要是只會想到超久以前的作品，那不是很屈辱嗎？

總會希望自己的代名詞永遠是最新作吧？

所以，我一向亂槍打鳥。追求新的容身之處，但也不會捨棄舊的容身之處。我要漸漸拓展腹地，讓自己茁壯……

過去的成功誰理他。未來的失敗誰理他。

我光思考今天的事就忙不過來了。」

她本來就不怠惰，色慾也不曉得忘在哪裡了。

「我一向追求最高的涵蓋率。我要當龍頭，我要待在最前端。

我要驚天動地。我要讓人吹捧。我要成為指標。

我要讓自己的名字無人不知、無人不曉，那就是我到死為止都要追求的目標。

那是沒有終點的。目標時時都在改變，往上提升。

所以我根本不能停下來。

畢竟要是耽擱了，不就沒人捧我了嗎～」

她是如此追求著史上最高目標的怪物，兼俗人。

「所以嘍，我很期待你的新作喔，盡力讓我嫉妒吧。」

「……那麼，請在冬COMI光顧我們的攤位。我會姑且幫妳留一份。」

「好啊，我會再趕第一個通關，然後第一個來告訴你感想。」

「就算那樣，麻煩妳一開始玩的時候別快轉，還是要規規矩矩地讀劇情喔。因為我們會把作品調整成第一次玩最能感動人。」

就在我不服輸地跟她爭論時……

「……也對，你說得有道理。是我不好。」

紅坂朱音頭一次承認自己有錯，向我道歉了。

終章其二

「呵、呵呵、呵呵呵……」

「……」

『……我明白了。總之，我今天會跟學姊一起回去。』

『那麼，你可以在洗澡時再幫我那個嗎……？』

「洗、洗澡……啊唔。」

「……噯，霞之丘詩羽。」

『〈主角〉同學……？』

『怎、怎樣？』

『從今以後，我還是會事事仰賴你喔？』

「啊～～真的，無論玩幾遍都不膩……」

「霞之丘詩羽！」

「怎樣啦，澤村？我現在非常非常非常忙耶。」

「妳會來我家，不是為了討論馬爾茲這邊的作品（寰域編年紀）嗎？」

「可、可是、可是……澤村，妳看這邊嘛！同居耶，一起洗澡喔！妳的劇情裡有這麼直接的描寫嗎？」

「反正那個女主角和妳似像非像吧？妳自己不就那麼說了？所以同居的和一起洗澡的都不是妳吧？」

「……還有她說『事事仰賴你』耶，這兩個人明顯已經做過了吧？他們已經變成那種關係了吧？」

「妳不要只聽漏對自己不利的部分啦！」

「那接下來，再點一次『從頭開始』……」

「該節制了啦，妳這戀愛行屍！」

後記

大家好，我是丸戶。

我身為輕小說作家的出道作《不起眼女主角培育法》終於達到十集了！居然比霞詩子老師的出道作《戀愛節拍器》全五集多一倍呢！唉，若是考慮到出道年齡，我花的時間也比霞詩子老師多一倍，因此倒不好說孰高孰下……

不東扯西扯了，這集是霞詩子，亦即霞之丘詩羽學姊睽違許久再次主演的一集。進入第二部以後，她的登場次數顯得較少，讓我一直被麻煩粉……熱烈粉絲居多的詩羽學姊支持者從各方施加壓力，但我想這樣就能先盡到對他們的道義了。是的，就算作者看起來只像在欺負她取樂，那也是各位的誤解。我敢篤定這集有充分描寫到詩羽學姊的活躍與成長（眼睛失去光彩）。

所以嘍，關於第十集的可看之處就說到這裡，來談談照慣例要報告的二期動畫消息。

在上一集GS2的後記，因為時間急迫而來不及宣布的播映時期已經正式發表為二〇一七年四月，製作班底終於開始有被人打屁股督促的感覺了，我的腳本和龜井導演的分鏡作業都順利地進行著。倒不如說，看了導演開頭的分鏡，會覺得：「啊，這時候的故事真是風平浪靜。」對於正在寫本作結尾腳本的我而言實在感慨萬千，但是要進一步發表的話就會洩露到劇情，而且也會牽扯到宣傳方面上的戰略，請容我就此打住。

那麼（由於後記有指定頁數的關係）倉促歸倉促，來發表各位都已熟悉的謝詞。

深崎先生，哎呀～這次把格外接近爆炸臨界點的炸彈送到你手上，真的很抱歉。聽說這是編輯部第一次接到洽詢：「我這邊還沒有收到原稿耶，真的要在七月出書嗎？」總之我仍健朗。你大概會從靈魂發出「那就快寫啊」的吶喊吧，之後就萬事拜託了。呃，我說真的。

萩原先生，讓你在百忙之中又多費一番工夫，實在非常抱歉。看到你在郵件中的用字遣詞逐漸轉變，讓我深刻享受到背脊發涼的感覺。還有之前那篇訪談我讀得很開心。希望大家也能搜尋「編輯最好要抱持危機感（酷）」看看。

就這樣了，下集見。

二〇一六年　夏

丸戶史明

國家圖書館出版品預行編目資料

不起眼女主角培育法 / 丸戶史明作 ; 鄭人彥譯.
-- 初版. -- 臺北市 : 臺灣角川, 2017.10-
冊 ;　公分

譯自 : 冴えない彼女の育てかた
ISBN 978-986-473-942-4(第10冊 : 平裝)

861.57　106015572

Kadokawa
Fantastic
Novels

不起眼女主角培育法 10

（原著名：冴えない彼女の育てかた 10）

２０１７年10月16日　初版第１刷發行
２０２４年５月27日　初版第９刷發行

作　　者：丸戸史明
插　　畫：深崎暮人
譯　　者：鄭人彥

發 行 人：台灣角川股份有限公司
總　　監：呂慧君
總 編 輯：蔡佩芬、朱哲成
主　　編：林秀儒
設計指導：陳晞叡
美術設計：吳佳昫
印　　務：李明修（主任）、張加恩（主任）、張凱棋、潘尚琪

發 行 所：台灣角川股份有限公司
地　　址：１０４台北市中山區松江路２２３號３樓
電　　話：（02）2515-3000
傳　　真：（02）2515-0033
網　　址：www.kadokawa.com.tw
劃撥帳戶：台灣角川股份有限公司
劃撥帳號：19487412
法律顧問：有澤法律事務所
製　　版：巨茂科技印刷有限公司
ＩＳＢＮ：978-986-473-942-4